堀田善衛集

戦後文学エッセイ選11

影書房

堀田善衞（1993年・逗子自宅にて）提供・松尾百合子

堀田善衞集　目次

戦後文学エッセイ選11
堀田善衛集
（第九回配本）

栞
No.9

わたしの出会った戦後文学者たち（9）

松本昌次

2007年4月

堀田善衛さんの本を、わたしは、たった一冊、未来社で作らせて頂いただけである。一九五八年一月刊の『乱世の文学者』である。堀田さんにとっては「はじめてのエッセイ集」（あとがき）だったが、堀田さんが生前まとめられた六十冊ほどの著作目録からは、時に無視されるほど目立たない一冊で、版も重ねていない。もっとも、筑摩書房、新潮社、集英社など、有力出版社を版元とする堀田さんの生涯にわたる目覚ましい仕事ぶりからすれば、当然のことでもあろう。堀田さんには、誠に不義理で申しわけない編集者というほかなく、もはや半世紀ほども距たる一時期、逗子のお宅に足を運んで話しあった日々の記憶をかすかに想い起こしつつ、いまは亡き堀田さんにお詫びするほかはない。

しかし、わたしが未来社に入社（53年4月）する以前、芥川賞の受賞などもあって堀田さんの文名を一挙に高からしめた『広場の孤独』（中央公論社・51年11月）、『祖国喪失』（文藝春秋新社・52年5月）についで、未来社からは短篇集『捜索』（52年11月）や、加藤道夫氏の脚色による戯曲『祖国喪失』（52年5月）などが刊行されてもいたのである。これらをわたしは、戦後間もなく出発した第一次戦後派＝野間宏・埴谷雄高・武田泰淳・花田清輝さんなどの作品についで、まさに〝熱読〟したのだった。そして、編集者になったら堀田さんのエッセイ集も作りたいと心に期していたのだった。

その証拠物件ともいうべき一文を、恥をしのんで再録させて頂く。当時、というのは一九五〇年代半ばごろ、さきごろ亡くなった木島始さんなどを中心にした文学集団の同人雑誌「トロイカ」に書いたもので、なんとも〝若気の至り〟としかいいようがなく、堀田さんの作品に心ひかれながら、事もあろうに〝反潑〟や〝不満〟をのべたりもしているのである。ただ取得といえば、一個の青臭い文学青年が〝朝鮮戦争〟にどんな衝撃を受け、その時代を堀田さんの作品でどのように感じとったかが、わずかに伺い知れることだけであろう。こんな駄文を書いてから三年足らず、わたしは堀田さんのエッセイ集の編集にかかわったのだった。誤記を訂正したほかは原文のままである。

堀田善衞ノート——その〈はしがき〉

一九五〇年六月の朝鮮戦争の勃発は戦後十年の日本の歩みのなかで、最もショッキングな事件だったと思う。もっとも朝鮮戦争は、日本ばかりでなく、第二次世界大戦の厖大な破壊を経て平和を取り戻した世界にとって、その与えた衝撃の深さには計り難いものがあった。一九五三年七月の朝鮮休戦までの三年間、僕らの切迫した眼ざしは、自国に対してのそれよりも、隣国朝鮮の運命にもっぱら注がれていたと言ってもいいだろう。直接、僕らには戦争の体験があった。五年前の生々しい僕らのゆがんだ記憶は、次第に近代兵器の実験場と化して行く朝鮮の火に包まれた風景と織りあわされて行った。

当時、僕は仙台にいた。朝鮮人民軍と韓国軍が交戦状態に入ったというニュースを聞いた日、僕は友人数人と七時間ぶっ通しの大議論をやったのだった。それは、朝鮮人民の解放戦争が始まったと即座に規定した細胞五人と、僕ら二人の対立であった。お互いに、いかなる資料も持つことのできなかった当日のことであるから、今から思えば極めて無謀な議論だったに違いない。しかし僕には、朝鮮に戦争が始まったというニュースを聞いたそれだけで、ひどい不幸の実感があったのだった。勿論、朝鮮戦争がその後、どのように進展し変貌するかという見透しが僕にあったわけではなく、僕のよりどころは、唯ひたすらに朝鮮を口火としての原子戦を前景とした二大勢力の平和的均衡が破れるのを痛恨する思いであった。解放戦争と侵略戦争の規定を知らぬと言って、細胞の仲間からひどく叩かれた記憶がある。僕がそのようはイロハを知らぬわけではなかったが、しかし必ず烈しい戦争の舞台と化するであろう朝鮮と、そこを裂け目として崩壊するかも知れぬ平和な世界とに、僕は理論で納得できぬほどの痛ましい幻滅感を覚えた。

今でも、その時の僕の実感は偽わることができぬ。すでに二月ほど前に起っていたイールズ事件の学内闘争に、同伴者として参加していた僕は、一時烈しい政治不信に陥ちこんだ。それは、戦後根強く僕のなかに培養されてきた政治不信の姿勢に、一撃拍車を加える形となった。朝鮮戦争の三年間は、従って僕にとって極めて苦しい時期であった。それは日本にとっても凡ゆる意味で苦しい時期だったろう。しかしなんと言っても、ジウタン爆撃の真下で破壊し虐殺された朝鮮民族の、日本の侵略史と引き続いた不幸は、僕らの想像を越えてひどいものだったろう。それらの不幸を知るごとに、僕らは朝鮮への前進基地としての占領下で、同じアジア人としての血の結合を通して堪え難い痛みを身に覚えつづけた。

堀田善衞について書こうとすると、僕はどうしても朝鮮戦争を思い起さずにはいられない。堀田善衞が、一九五一年に

「広場の孤独」「祖国喪失」「歯車」等の作品を携えて文壇に登場した背景には、やはり朝鮮戦争という異常な動乱の事実が映し出されていた。以上のような僕の不安な状態にとってみても、堀田善衛の出現は、まことにタイムリイと言う外なかった。堀田善衛の文学を一言にしてのべれば、それは彼が変化絶え間ない動乱の状況から、人間の存在の条件を回復しようと意図しているということであろう。彼は今も尚、必死に政治と人間のかみあった極点で人間を描こうとしている。堀田善衛は、朝鮮戦争の申し子のように現われ、そして僕らの動乱に対する共通した心理的不安のヒダに、巧みに言葉をさし入れたのである。「現代の人間像は、過去についても未来についても、政治の二つの頂点としての戦争と革命のリアリティなしには成立しない。ここにをさめられた二つの作品は、(「広場の孤独」と「歯車」)流血をともなはずには起りえない、さうした事態に対する、私なりの悲しみと怒りと恐怖によつて書かれた」(中央公論社版『広場の孤独』あとがき)という堀田善衛の言葉は、彼の出発以来最近作『夜の森』『時間』に至るまで、絶えず作品のバックボーンとして生き続けていると思う。

言うまでもなく戦後爆発した文学の共通した基調には、惨めな戦争を生きてきた世代としての強烈な訴えがなんらかの形であった。それらの文学は、ねじれた時代に青春の開花期を迎えた僕らにとって、強烈な生命の支えであったと言えるだろう。急速に身を燃焼する炎のさなかに置きたい衝動に追われて、ぼくらは日々を生きた。例えばその時期が、つまり朝鮮戦争の勃発する一九五〇年までの時期が「共産党と占領軍の蜜月みたいな一時期」(「群像」五五・八、平野謙・小田切秀雄・福田恆存の座談会)であったにしろ、この五年間に生れた文学は、僕らの生長する体内に焼きついた〈地の糧〉であった。それらは、日本の長い凍結期を幼いながらに体験し堪えてきた者にとって、稀有のすさまじい文学的開眼であったのだ。

しかしやはり、朝鮮戦争を一つのピークとして、日本文学にも大きな変動があったと思う。そのことに就いて、文学作品に即した具体的な検討は僕には出来ないが、堀田善衛の登壇は、僕自身の文学的コースにとっても、謂わば第二の段階を劃しており、そのピークを考えずに彼の文学に対する僕の親近感と、また現在僕が持つに至った強い反撥を説明することは不可能であろう。大雑把な戦後文学の見取図からしても、謂ゆる荒正人の「第二の青春」という言葉にふさわしい文学作品の一斉の結実は、ほぼ一九五〇年までにそれぞれの主張を築き上げたと言えるのではないか。それまで僕らにまつわりついて離れなかったのは、敗戦を基点とした戦争の記憶であり、その基点から出発した戦後文学に、僕らが魅了された理由もそこにあった。しかし、朝鮮戦争は、第一陣の戦後文学がそれぞれの文学的業績の上に立って、或る安定した文学を成立させ始めた時、突如として新しい課題を日本に投げたのである。その課題を背負って現われたのが堀田善衞であり、彼の出現の意味はアメリカ占領軍が決して解放軍でなく、日本を資本主義陣営の一翼に組み入れようとする支配者の位置にあるという政治的判断の定着とも相俟って、資本主義陣営と共産主義陣営にはさみうちされたなかで日本人を捉えようとしたところにある。Commit という意味深い横文字を「広場の孤独」の冒頭にかかげたその時、以後彼の文学の成立する全内容がひそかに暗示されたのかも知れぬと、僕は今にして思わざるを得ぬ。現在も尚、堀田善衞は、その出発の一点を、地下に向ってますます深く掘り下げているかのように見える。

確かにそのように見える。堀田善衞は、異常な政治的動乱のなかでしか人間を描こうとしない。「政治は……敵味方が相対的に歯車のやうにがつちり食ひあつた上で、政治にとつてただ一つ絶対に必要なもの、血と肉をもつた人間をがりがり喰つて生きてゐる」(「歯車」)というような大向うの政治観を作品の背後にびっしり敷きつめて、堀田善衞はそのなかで〈ガリガリ〉喰われる人間を執拗に追求しているのだ。荒ら荒らしい政治の季節風が吹きまくる日本において、彼の描こうとする状況とそのなかに生きる人間が、最もアクチュアルな様相を帯びるのは至極当然のことと言わねばならぬ。堀田善衞が、戦後派的性格を持ち続ける唯一人の作家と言われる理由もここに存する。しかし果して、彼のこのような、頑強なまでに見える動乱への執着は、彼の処女作集から最近の『歴史』『夜の森』『時間』『記念碑』等に至って、どのように深まり前進したのであろうか。もはや、この小文でそのことに触れる余裕はない。結論風に言って、現在の僕は堀田善衞の文学にまつわるもどかしい思いをいかにしても拭い去ることが出来ないと言うことができる。それは埴谷雄高が言うように「作品に立体感ができ、構造が大きくなればなるほど、その核心は皮数枚隔てているもどかしさ」(「群像」五五・八)であろうか。そしてそれは本格小説を日本で試みるものの宿命であろうか。或いはまた、安部公房が言うように、堀田善衞は矛盾をテーマにしながら悩んでいる人々が余りにも理にかないすぎているためであろうか。(「文学界」五五・二)いずれにせよ、僕はこの小文で、堀田善衞ノートの〈はしがき〉しか書くことが出来なかった。はしがきは、僕の彼への一時期の接近を書くことであった。それ以後の堀田善衞の文学への不満は、またあらためて機会あれば書きたいと思う。彼の文学に魅かれながら、作品を読み終ったあとにくる烈しい焦燥感、それは現在僕が文学をする上にもかかわってくる問題であるからだ。(一九五五・九)

凡例

一、「戦後文学エッセイ選」全一三巻の巻順は、著者の生年月順とした。従って各巻のナンバーは便宜的なものである。

一、一つの主題で書きつがれた長篇エッセイ・紀行等はのぞき、独立したエッセイのみを収録した。

一、各エッセイの配列は、内容にかかわらず執筆年月日順とした。

一、各エッセイは、全集・著作集等をテキストとしたが、それらに収められていないものは初出紙・誌、単行本等によった。

一、明らかな誤植と思われるものは、これを訂正した。

一、表記法については、各著者の流儀等を尊重して全体の統一などははかっていない。但し、文中の引用文などを除き、すべて現代仮名遣い、新字体とした。

一、今日から見て不適切と思われる表現については、本書の性質上また時代背景等を考慮してそのままとした。

一、巻末に各エッセイの「初出一覧」及び「著書一覧」を付した。

一、全一三巻の編集方針、各巻ごとのテキスト等については、同じく巻末の「編集のことば」及び「付記」を参看されたい。

カバー＝堀田善衞『ゴヤ』（全四巻）（新潮社）ケース

堀田善衞集

戦後文学エッセイ選 11

物いわぬ人

朝鮮に戦争の起る一二カ月前だから、いまから一年と二三カ月前のこと、僕はある酒場で異様な人物に出会った。年の恰好は四十五六。話を聞いていると、欧州に数年中国にも数年、米国にも何程かいたことがあるらしい。その客はすこぶる饒舌で、聞きもしないのに種々様々なことをひとりで喋り、喋り切ったかと思うと、「では失敬」といってさっさと帰ってしまった。それはそれだけのことであるが、この客のことで、唯一つ私の印象に明らかなことは、話の合い間ごとに、まるで音楽のライトモチーフのような句をはさむのだ。

「言論は無力だ!……言論は無力だ!……言論は無力だ!」

と。

それからしばらくして、僕ははじめて原民喜氏に会った。以来、ほんの三回か四回、顔を合せたにすぎない。最初は、たしか三田文学の会合で、いまフランスにいる遠藤周作君が紹介してくれたものと思う。ところがこの原氏は、先の客と対照するまでもなく、恐しく物いわぬ人であった。

そのぎょろりととび出た眼には、言葉の真実な意味において優しさと、そして確実に、ある残忍非情な、絶対的な場面を見て来たと見て間違いのない、無慙に冷たい光りとの異常な混淆があった。いかに優しく温く抱き、その非情なものに生命を通わせようと努力しても、つねにはねとばしてしまう、狂したに近い何物か——いかなる言葉を発音しようとも、言葉は原氏の内面に入り込んだ「パット剝ギトッテシマッタ　アトノセカイ」に比べれば、どれもこれもぐにゃぐにゃしていて何物をもとらえず、聖書にいう「空にして風を捕うるがごとし」としか思えない——僕は原氏の沈黙を、このようなものとしてうけとった。

戦前、白水社から出た短文集『焰』を通読したわけではないから、確実なことはいえないが、あの中に、学生時代（？）スウェーデンボルグ、フロイド、ボオドレエル、それにエジプトだったか印度だったかの神秘主義的な古典を愛読したという節があったと思う。それらの読書は、私の臆測であるが、内面的にのみ夢ゆたかな原氏の青春期を形づくるに力あったものではなかろうか。創作集『夏の花』の奥書には、未刊小説集として、『死と夢』『忘れがたみ』の二つが掲げられてあるが、この死と夢には、恐らくは青春期の原氏が夢見たそれとは、怖ろしいまでの断絶——あの温和でありながらも常に血走ったような凄さをやどした双眼の色ほどの断絶があるに違いないと思われる。『忘れがたみ』という標題もまた、意味深いものに思われる。

かかる断絶、また、ひたすらに内面の調和のみをこいねがった優しい魂の貌をば、血走った不気味な鬼面に変貌せしめたものは何であったか。

それは、極言して、現代における人間の位置の認識である。僕は原氏の詩文のどの部分を引用するのも気持において堪え難いものがあるが、この現代に生きる一人として、自戒のために、あらゆる言語に翻訳して全世界の全人類に知らすべき二十世紀の一証言を次に引用する。

コレガ人間ナノデス
原子爆弾ニ依ル変化ヲゴラン下サイ
肉体ガ恐ロシク膨張シ
男モ女モスベテ一ツノ型ニカヘル
オオ　ソノ真黒焦ゲノ滅茶苦茶ノ
爛レタ顔ノムクンダ唇カラ洩レテ来ル声ハ
「助ケテ下サイ」
ト　カ細イ　静カナ言葉
コレガ　コレガ人間ナノデス
人間ノ顔ナノデス

「お前が原子爆弾の一撃より身もて避れ、全身くづれかかるもののなかに起ちあがろうとしたとき、あたり一めん人間の死の渦の叫びとなったとき、そして、それからもうちつづく飢餓に抗してなおも生きのびようとしたとき、何故にそれは生きのびようとしなければならなかったのか、何がお前に行きのびよと命じていたのか――答えよ、答えよ、その意味を語れ！」

答えよ、答えよ、その意味を語れ！

この聖書的なともいうべき糾問をつきつけられては、僕もまた黙して言葉を失ってしまうことを告白せねばならぬ。物いわぬ人になりかけてしまうのである。

誰が一体、原子爆弾の一撃から身もて避れ、なかったか？　今日なお、既に相当多数の人々が、原氏同様の糾問に対する限りでは、物いわぬ人になってしまっているのではないか、どうだろうか？

物いわぬ人を目して、人は穏健なる人物、という。しかしそうではない。沈黙はむしろ暴力的行為の範疇にこそ属するものである。一撃を加える前に人は沈黙する、一撃を加うべく喋ることが無意味になった時に人は沈黙する。

原氏は一撃、二十世紀の証言者たる自分を殺してしまった。

言論は無力であるかもしれぬ。しかし一切人類が、「物いわぬ人」になった時は、その時は人類そのものが自殺する時であろう。原子爆弾によって、水素爆弾によって、あるいは恐怖によって、あるいは……。

「この地獄と抵抗して生きるには無限の愛と忍耐を要する。」

母なる思想——Une Confession

一

この頃私は自分でも妙な気がすることがある。

たとえばその一つ。私は横須賀、朝霞、立川などの米軍軍事基地や、広大な接収地のある横浜、神戸などの土地、および許される限り工場見学などにしげしげと出掛けてゆく。何をしにゆくのかと問われれば、一応はルポルタージュを書くことを依頼されたから、というかもしれないが、しかしそんなことよりも、私自身のより深いところに、そういう外国との接触点や、生産の現場に存在する現実の諸様相を、精神的に刻みつけておきたい、そしてそれを表現する義務がある、といった衝動があることに気付く。

妙な気がすることの第二は、このところ相当長い期間にわたって読んだあるいは読みつつある本についてである。何かの標本か見本になるかもしれないから並べたててみれば、たとえばスマイス報告書をはじめとして原爆ないし原子物理学関係書十冊ばかり、あるいはフォスター・リア・ダレス（例の政治家ダレスに非ず）の“The road to Teheran”をはじめとする米ソ関係史書、チャーチル回想録、翻訳された限りのラスキ教授の諸著作、J・B・コーヘンの『戦時戦後の日本経済』をはじめ、テクスターの『日本における失敗』など外人の見た現代日本に関する諸著、リップマンその他の米軍に関する諸著書、サマヴィルの『ソヴエートの哲学』その他ソヴェト関係書、ダーク・ボッド著“Peking Diary”その他中国関係書、ラチモアの諸著、トムプスンの『東南アジア』やそのほか……なんだか恥しくなって来たのでこれでやめにするが、読書に関して妙な気のする第一のことは、文学書が非常に少ないということである。文学書は、このあとに並べようと思ったのであるが、これはやめにする。やめにしたところで、前記書物の数とくらべれば比較的少ない、多くないということはいえる。これは一体どういうことか、と妙な気がして来るのである。つまり本業をおろそかにしてまで他部門の本を読み漁っているではないか、という気がすることがある。ということは、はじめの外国との接触点を見てあるくこと、そのルポルタージュを書くことも同様に本業外のことではないか、少なくとも、飛躍していえば、美とはあまり関連のないことではないか、という気懸りとその性質は同じである。知識ないし知識慾と創造とは別のものであり、人生は長くない。しかしながら、そういう気懸りが存在するにも拘らず、私は原爆のことや現代世界の政治や経済について、特に我々の周辺、アジア諸国の現状について知りたいという衝迫および一種の義務感に動かされる。

また、先には触れなかったが、工場見学に行って、私はそれまで知ることのなかった種類の感動を覚えるようになった。例えばある鉄鋼工場へ行ったとき、私は熔鉱炉の前で動けなくなってしまった。

感動というものは、それは内側から描くことは出来ても、腑分けして考えることの困難なもののようであるが、強いて分析してみれば、五千度以上の熱でどろどろに熔けて流れる鉄（湯と称するらしい）を見ての感動の中には、このどろどろは、ナベやカマにもなれば、大砲にもなりうる、人間というものは同じ鉄からナベと大砲を同時に作り出さねばならぬ運命にあるのであろうか――といったものはたしかにあった。背理といい不条理というならば、これは不条理の一典型であろう。進歩の概念ではなくて、背理性や不条理概念に現代の特性を見るとすれば、武器製造業はその代表的地位につけるであろう。これを端緒として現代、いや単に現代ではなくて人間そのものの宿命的な問題に入ってゆくことも出来る。

　軍事基地、軍隊ないし軍隊類似のものにしても同様で、それは安全保障のためにあるということになっているが、実はそれ自体危険千万なものであることは、誰も否定出来ないであろう。しかし、危険千万なものである、などといっていられる間はまだいいのであって、書物によって知るアジア各地の現状は、危険どころか激動状態にある。戦時状態にない国などは一国もないといっていいほどである。

二

　私は自分でも妙な気がする、という言葉でこの小文を書きはじめたが、妙な気がする最もじかな問題の一つに次のようなこともある。すなわち、工場見学にゆき、労働者と話す。私は文学に従事するものと見倣され、文学の話をすることを要求され、またその日の工場での見聞についての感想を求められる。そこで私は、たとえば先に書いた熔鉱炉を見たときの感動を話す。鉄はナベ、カマにもなるが戦争用の道具、しかもそれの製作者を決して守ってくれたためしのない武器になる云々、ということを思いつくままに話す、とする。すると労働者諸氏の顔にあらわれるものは、何よりも怒りと苦痛の表情である。

　我々が現在置かれてある位置、あるいは条件、それを検討し、しかもそれをそのまま認めうるのみにするためには、あらゆる条件の一つ一つについて「仕方がない」という張札をつけてかからなければならない。ということは「仕方がない」という考え方を基調としても、ものを書くことは可能だということを示しはするが、その作品は、そういう考え方が基調であるということそれ自体のために、つねに現在の条件の後方にしかありえないであろう。また実際的にそんなことは可能ではない筈である。なぜなら、人間のおかれた位置あるいは条件を意識し、これを描き出すことは、たとえそれがいかに微細なものに関してであろうとも、その条件、位置が変革の可能性を孕んでいるからこそ可能なのである。置かれた情況を意識するとは、変革を期することと同一でなければならない。

　カミュの原子爆弾論や死刑廃止論がついには世界政府論にまで立到るのは至極当然なのである。またかつて『文学大概』なる本でマラルメやヴァレリイについて、誰よりも冷静な理解を示した「粋ごのみの作者」石川淳が、今日、抵抗について語り、革命について語る所以でもあろう。けれども、この根本規定、根本態度まで先走りしてしまう以前に考えてみなければならぬことがある。その一つは、位置、条件を描き、その位置、条件に対して極めて意識的な人物を考えねばならぬ作家自体の位置、条件はどうか、ということである。今日、作家の大部分が、いかにして暮しを立てているかを考えてみれば、その背理的な位置、条件の一半は明かになる筈である。つまり、作家の大部分は、現状を維持することに利益を見出す人々の利得によって暮しているのである。現状が維持されることに利益を見出すことの出来ぬ人々の会合に出席した場合、自らの賃金を割いてその著者の本を買った、という人が極めて少数であることは、その証左の一つとなりうるであろう。また純文芸雑誌の大部分が赤字であるか、やっとどうにかバランスがとれているに過ぎないという事情もまた証左の一つであろう。その赤字が何によって埋められているか、そんなことはこちらの知ったことではない、とはいえないのである。これはまた、社会の現状維持派が自らの顔つきや振舞いが写し出されることを好まないか、あるいはそんな余裕もないほどに現状維持という仕事が大へんな労力および気苦労を要するものであることをも、物語るものであろう。

アルベール・ティボーデは、そのフランス文学史の中で、一九一四年以後の世代を論じ、作家の位置、独立性というものが“particulièrement délicat”とりわけ微妙なものとなった、といっているが、事情は今日の日本でも同様と思われる。ただ、外国人の文章を読むあるいは引用する場合に大切と思われることの一つ、この「微妙」という言葉を我々のものとして考える際には、政治的暴力が加って無理矢理「微妙」にさせられる、という場合もあることを含んで考えねばならぬ。転向、ということもまた「微妙」の一例であり、過去形だけで考えうるものではないであろう。

三

ティボーデを引用したついでに、少し長くなるが、参考になると思われるので、彼の文学史中十九世紀末から第一次大戦にいたる間の批評を論じた章の結論的な部分、および第一次大戦後の Les Idées 諸観念を扱った章の一部を抄訳引用することにする。ティボーデは、かっていかなる文学をも憎んだことが一瞬一度もなかったろうと思われる沈着篤実な批評家であるが、この部分は、不機嫌なのじゃないか、と思われるほどにぶっきらぼうである。すなわち

「本来文学的な議論、文学にアクセントを置いたさまざまな議論は、次第次第に政治的、社会的な議論に嚥み込まれ、喰われている。……戦後、人呼んで文学概念の危機といったものがあった。しかし、この危機は、なお文学的な危機だったのだ。一八三〇年におけるごとくまた一八五〇年、一八八五年におけるごとく、イスムには文学革命という古来の概念が存続していた。（ところが）今日ではもはや文学革命というものは存在しない。革命的文学者しか存在しないのである。その革命は、ある者にとっては右のそれであり、またある者にとっては、左である。ヨーロッパ意識の中に、物質的、政治的、社会的革命の概念が圧倒的に注入されたということは、フランスの文学共和国の中から、文学革命なる概念を一種贅沢品として除籍してしまった。文学一本の批評は、爾来実際的な素材、大いなる問題、大論争を欠くことになる訳だ」

ここで文学革命という概念の代りに小説という考えを置き換えてみると、うなずけるものもあると

思われる。また戦後、いや戦争中からすでに、我国におけるいかなる文学運動も、何々イスム、あるいは何々主義という文学のオートノミイによる名をもつことがなかったことも考え合せることが出来る。それは、近代、ないし、近代文学、といった全体的名称で呼ばれるほかなかった。

とにかく、右の文章も、次にもう一つ引用する文章も、第一次大戦後に書かれたものであるが、こういう現代の性格は本質的にはそう変化していないと思われる。

「母なる諸観念《イデー・メール》を雄弁にかつ文学的な形で産み出すことは、デカルトとポール・ロワイヤール以来、フランス文学の中心的機能である。……（戦後の世代に）先立つ世代は、フランスと欧州にベルグソンによってダイナミックな一つの母なる観念を与え、バレスとモオラスによってナショナリスムなる、母なる観念を与えた。……（そして戦後はどうかというと）人々は、かつてなかったほどの恭敬の念および希望を抱いて、方向と光りを得るべく、知識階級および諸々の大先生の方を向いた。ところがしかし、その望まれた母なる諸観念は、来なかったのだ。……一九一四年の世代は、その世代自体の中から諸観念の偉大な産出者を引き出しえなかった、この世代はほとんど完全に前世代の貯蔵の上に息づいている。……しかもこの世代はフランスにあっては、おのれがさまざまなる事実、諸観念、諸問題の選択に直面していることを発見した。しかもそれらの諸事実、諸観念、諸問題は、知性に対して、ある種の思いがけぬような現実《レアリテ》、考えることも出来ぬような事態の現実性《レアリテ》をつきつけているように思われるのである。……かくて作家の独立性の問題は、戦争以来とりわけ微妙《デリカ》なものとなったのだ」

いまの引用文中、偉大なる、生産力豊かな「母なる諸観念《イデー・メール》」を求めてえられなかったということ、およびまた知性や人情だけではどうにも処理しかねる問題が襲いかかっているということ、これらは我々の戦中戦後の文学にも原則的にはあてはまるのではないか。そしてまた私には、ティボーデが同じ書物で、スタンダールやボオドレエルを論ずる時の眼に見える愉悦と比べて、これらの文章のぶっきらぼうさ、不機嫌さ加減のよって来る所以が理解出来るように思われる。

しかし、とにかくこれは第一次大戦後の情況を論じたものだ、これを第二次大戦後の今日に適用するのは無茶だ、フランスのことをいうならば、現代には実存主義があるではないか、少なくとも実存主義は母なる観念ではないか、という人がきっとあると思う。

この、ひどく間口ばかりがひろがってしまった文章で、サルトルにまで言及するつもりはなかったのであるが、ことのついでに私見を述べれば、私は未完の大作『自由への道』を読むとき、いつでも同じ疑念、あるいはもっと身近かな懸念に近いものをもつことを禁じえない。それは、一言でいって、この作品は果して終るかどうか、という懸念なのだ。第四部のほんの一部が随分以前に発表されたきりで完結したという話はいまにいたってもどこからも聞えて来ない。実存主義によって発想されたこの作品を、真に作品としての独立性を備えたものとして完結するためには、何か実存主義以上の「母なる観念《イデー・メール》」が必要なのではないか——そういったことを私はいつも考えさせられる。これを完結させるためには、たとえていいえば十九世紀にマルクス・エンゲルスにおいて発想され構想された「母なる観念」とひとしいほどな、あるいはそれ以上の、今日と未来において強力な「母なる観念」が必要なのではないか、と。でなければ、目下のところ生死不明の主人公に息を吹き込むことはむずかしくはないか、と異国の一読者の気をもませる。そして彼の短篇小説や劇は、つねに終ったところからはじめへとぐるぐるまわりをするように思われるのである。『汚れた手』のユーゴー青年は、終幕でドアーを蹴って出る、けれどもやがて再びオルガに「ドアーを開けてくれ、さあ」といい出すような気がする。またたとえば、外国の例ばかりで恐縮だが、アラゴンの『共産主義者の群れ《レ・コンミュニスト》』というこれも未完の大長編を読んでいると、もしこの作品が現代史の中に解消してしまわずに、作品として完結し、独立性を備えた——つまりそれ自体で充足した世界を呈出するとすれば、これを完結させるものは、アラゴンがこれを書くことによって得たものではなくて、現在アラゴンのうちにある共産主義という「母なる観念」ではないか、というふうに思われる。既刊四冊の全部を読んだ訳ではないので、あまり口幅ったいことはいえないが——。

四

現代におけるあらゆる事象は、他のいかなる時代にもまして、一事象をそれなりのものとして限定して考えることを極めて困難なものとする。一事象は無限に核分裂して縦にも横にも連鎖反応を起し、終局的には歴史、ないしは現代史と称される「全体」の場に収斂される。この現代史なる「全体」の場に、諸事象、あるいは複数の人物を設定して全体を描き出そうとする。ということは、逆に文学の中に現代史を収斂しようということなのだが、これは恐らくはあらゆる作家の野望であろうし、実験小説という概念も、それが余裕の産物であろう筈がないから、目的としては右のようなことを必ず含んでいるであろう。そしてこの場合、事象あるいは人物の設定は、一つの発端とその完全な終結を意味することは出来ない。なぜかといえば、歴史あるいは現代史は、ここでもまた縦にも横にも無限連鎖であるからである。トルストイの『戦争と平和』における総司令官をめぐる情況描写、あるいは前述サルトルの『自由への道』第二部の「執行猶予」などはそのよい例であろう。また身近かな例をとれば、武田泰淳氏の『群像』連載中の小説『風媒花』が、第五回にいたって「午後八時十分前」という抽象的な時刻を設定し、その時間に全登場人物を一度ひきしぼってみなければならなくなった理由も、文学と現代史とが干渉し合う場合の、無限連鎖という現象のややこしさと無関係ではない筈である。またドス・パソスの『カメラ・アイ』あるいは『ニューズリール』、またノーマン・メーラーが『裸者と死者』の中で試みている「タイム・マシン」なる登場人物の経歴紹介は、戦場の同時的な場に同時的に登場する人物の過去を紹介するために特別に設定しなければならなかったものである。従来の小説作法によれば、いわばこの経歴紹介から現在にいたるところに重点が置かれる筈であろうが、それが逆になっていること、また各人物の経歴に何等の物語的相互関係がなく、全く個別的であることは注目していい筈である。こういう手法が、われわれのあいだでも、ある程度以上の実感をもってうけとられうるということは、部分的には家の崩壊ということと関係がある筈である。

　いま私は武田氏の『風媒花』の「午後八時十分前」という時刻に抽象的、という言葉をかぶせた。しかし、これは実は抽象的ではないのである。この「抽象的」時間こそが、実は作家武田氏の視点の存在するところであると思われる。なるほどこの小説にはいかにも作者らしい「エロ作家峯」が登場するが、それは実は、極端ないい方をすればいわば擬態としての複眼的な視点なのであって「エロ作家峯」は主人公でも副主人公でもないのである。「峯」をふき消して見れば同様な比重をもった副主人公ばかりになるといわれるかもしれないが、これをふき消して見るとはじめてそこに極めて現実的な作家武田氏の視点、あるいは存在そのものが浮び出る仕掛けになっている。運転中は運転手に干渉してはならぬという原則を破ったことは申訳ない次第だが、現代の情況を描くために、己れの姿に似せた作家を作品中に登場させるに際し、作家は自らいかに背理的な操作を敢てしなければならぬかということを考えるによい例だと思ったので登場してもらった訳である。現代の作家は、己れの姿に近い人物を「風媒」あるいは触媒作用のために敢て投入し「あれは君か？」と読者から問われた場合、肯くと同時にそれは最も自分ではない、と答えなければならないであろう。

　哲学は私の最も苦手とするものだが、こういういわば無限定な時間と空間に関する操作を裏付けてくれる、広い意味でも哲学——そういうものを、私は（よくもわかりはせぬものの）物理学の本などを読んでいるとき、ときどき感ずることがあるということを付言しておきたい。

五

　さて所与の枚数もとうに尽きてしまったが、これまでわれながら呆れるほどに舌足らずないい方でもってうろうろとつまずきながらも書き進めて来た所以は、文学が現代史の中に収斂されることなく、逆に現代を文学の中に収斂するに最も必要なものは何か、を考えるためであった。視点の複数化、そして各視点そのものが、知性にとっては「思いもかけぬような現実、考えることも出来ぬような事態の現実性」を、各々両面観察すなわち両面抵抗、ないしは複眼観察によって裏付け、意味を見出し、かつは各視点それ自体を肉体化すること——等を考えてみた訳であるが、しかし、重要なことは、それら複数の視点の綜合が、果たして、力を生ずるかどうかということと、無関係であるということだ。視点が複数であること自体が、生ずべき力を解消相殺するということも充分ありうることであろう。しかもなお、この力が生じなければ、いかに長大な作品といえども、完結した瞬間に解体し、各破片は現代史の中に収斂され解消してしまうであろう。そしてこの力とは、結局「母なる思想」をうち出しうるか否かにかかっているのであり、作家と作品の独立性を保証するていのものでなければならぬ。それはまた結果的には、ティボーデ流にいえば、次代を生むものでなければならない。すなわち、近い将来において、恐らくリアリズムの問題が新しく論じられなければならなくなるであろう。逆行と背理性にみちた現実が文学にこれを要求するのである。

　以上、私は自分のペースで歩き追いつきうる限度を越えてボールを投げたようである。ボールが広々として展望のきく芝生に転っていることは勿論望ましいことであるけれども、ひょっとしてボールは私のために予定された陥穽の中にちゃんと納っていないとはいえない。

流血

一

今世紀の人間の概念、人間像は戦争と革命を除外しては成立しない。革命の概念の中には、平和革命という考えが可成り大きな部分を占めているようでもあるが、私には無限平和同様に、無血革命という概念は信じられない。こんなことは、実はあまり云々したくないことであるが、この革命と戦争の世紀にあっては、人間性ないしヒューマニズムは、それ自体矛盾しているように見えるとしても、流血という現実と別個には考えられないのである。

流血と人間性という背理的な問題について、最近二つの証言が眼についた。

一つは渡辺一夫氏の「ユマニスムのどこを押してみても理論や真理のために殺人を是とする論は出て来ません」（群像十一月号）というのであり、他は、福田恆存氏の「ヒューマニズムは人命を尊ぶと同時に、また自分の信ずることのためには他人を殺すでしょうし、自分の命を棄てる冷酷なものではないでしょうか。十字軍以来、ヨーロッパはそうしてきたのであります」（文学界十月号）というのだ。

私はここでこのどちらがどうだとあげつらう気持になれない。何故かと言えば眼前に、ある政治党派ないし信念を持った人間が、その党派・信念の故に他の党派・信念をもったものによって虐殺されるのを実見した場合、その実見の、その場で起る憤怒、嫌悪、悲哀の感は論を越えたものでしかないことを、私は自分の経験に教えられているからである。犯罪という概念すら、その場には通用しない。後頭部下方に銃口をあて前額に向けて拳銃弾を撃ち込むと、血は弾丸のあとを追うように弾丸の飛び去った方向に噴出するが、一瞬後には、血は殺されたその人間の肉体の形に従って流れ、人間が倒れれば、血は道を舗装したアスファルトの上に流れ、物理の法則通り、低きへ流れ、たまる。

それだけのことである。そしてその流血する屍というものは、幼児の苦患とひとしく、その場にあって、それを直視している限り、了解不可能事である。ヒューマニズムでも、如何なる政治概念を援用しようとも、了解は出来ない。ごろりと横倒しに倒れた、瞬前まで生きていた屍体の形というものは「これはいったい何事が起ったのか？」と自ら問うているように思われるものである。

横たわった屍体というものは、見れば見るほど死体そのものであって、それは他の如何なる思想でもイデオロギーでもないのである。流血それ自体は、如何なる思想もイデオロギーをも剥奪されている。

しかも、死体から眼をそらし、一歩でも離れ去るや否や、生者は担い切れぬほどな観念、判断、激動する感情、そしてそれら動くものの一切を越えたある動かぬ、死者と同じほど冷たいと言っていいあるものに襲われる。

私は「流血と人間性」という恐ろしい題目を与えられた訳であるが、この題目が含む背理性そのものに現代の人間の概念成立の最も大きな契機がある。

二

私は、勝手至極な話だが、十九世紀の思想と哲学の最大の命題は自殺にあった、と思い込むことにしている。そして現代の最大の命題は、あらゆる意味を含めて、他者が人間に対して犯す流血にあると。しかもその他者は必ず死刑執行者としては超越的な理由をもち、それによって武装しているのである。

たとえば、戦争中大陸で屡々展開された次のような事態を考えてみよう。

X軍がY軍を駆逐してある村を占領する。それまでY軍に協力していた村人は、X軍によって処刑される。次に、X軍がY軍によって駆逐され、X軍協力者が処刑される。この往復が二、三回続くと、とにかく人並以上に伸び上った人物は、恐らくことごとく処分されて了える。

そうなると最早人間の概念などは雑草ないし狼の概念の中に解消し、文学はもとより人間というものを考えることの必要が疑われるような事態に還元する。しかもこのX軍もY軍も、その動因の根源までさかのぼれば、すこぶる人間的な八面レイロウたる理由によって武装され行動しているとしたら、事態はどう判断されるべきであろうか。このXとYを革命、反革命と考えてもいい。

こうした（一応ここでは仮定的な）事態を、戦時の特殊現象と見うる人は仕合せな人のように、思われる。むしろ私は、こうした事態は、思想的には今日一種の重苦しい恒常性をさえ持って来つつあるように思う。

そういう事態が続くと、人間は、人間性プロパーに対して倦んじてしまいはせぬか。政治の動、反動、つまり自動性に、むしろ興味をもつようになったら、戦争は、平和に対する希求と同じほどなリアリティを人間のうちに持つことになる。

今日では、平和に対する希求はそれが人間性そのものに根ざしたものであるというよりも先に、まず何ものよりも先に、戦争防止という性格を顕著に帯びている。人間性そのものは、戦争と平和に決定的にあらわれていると同時に、この二つの反対現象の後方に孤独な暗い影像を投影しているように思われる。

ヒューマニズムは、現在において人間の過去を考え未来を考える。ところが戦争と革命をその頂点とする政治は、つねに現在にかかわっているのである。政治が内包するエゴイズムは、それがかかわっている問題が、つねに現在であることによって了解されるのであるが、ヒューマニズムの磁針がさすものは、たとえ現在に座標があろうとも、極北は無限の明日であり、反極は無限の過去にさかのぼる。そしてヒューマニズムの故に流血しなければならぬ人の悲劇は、その最後の言葉すらが無限の未来を指すより仕方のない点に存する。

しかもヒューマニズムは、自らのディグニティを守るために戦うとなれば、最終的には、自己の血を流すべき十字架を投げ出して、武器を取らなければならぬ。その名における流血である。しかもそこで流される血はたとえ如何なる名目によろうとも、血紅色、以外のものではない。

三

人間の歴史を考えて私が最も驚きかつぎょっとする事実は、人間の最も重要な事蹟がつねに人血によって証明されているという一事である。政治はその最たるものである。ソクラテス、ブルーノ、ジャンヌ・ダーク、原子力工場、と考えただけでも、既に哲学、科学、宗教、未来の四つの要因がそろっている。人間が血と肉と臓物で出来ていることを思えば、自己証明が血によって行われることは当然過ぎて話にも何にもならないが、しかし流血と現状打破は歴史の進行に欠くべからざるものであることだけは明かであろう。

私はここで深く迷う。もし流血が、ヒューマニズムの一応の定義の如くに犯罪であるならば、人間の歴史は厖大な犯罪史以外のものではない。

アルベール・カミュの戯曲『正しき人々』の中に「人は正義を欲することから発して警察を組織するに終る」というセリフがあるが、これはドストエフスキーの無限の自由から出発して無限の専制に終る（悪霊）という言葉のパラフレーズにすぎぬとしても、私はそこに人が目的だと思っているものがつねに手段化され、手段にすぎぬと思っているものがつねに目的化される、現実の様相を見る思いがする。

たとえば、今年八月十六日附のニッポン・タイムズに出ていた武谷三男博士の論文によれば、水素爆弾が一発日比谷に投下されると、北は軽井沢から、南は沼津あたりまで廃墟になってしまうのである。こんな猛烈な手段は、如何なる目的に奉仕するのか。この手段と目的（がもしありとしても）、それは最早人間にかかわっていないと断じていい。

以上、与えられた題目「流血と人間性」についてたどたどしい考えを述べてみた訳であるが、一方で私は、何か恐しく阿呆げた問題に大真面目にとりくんだドン・キホーテ式な感じをも自分について抱かざるをえない。何故か。おそらくそれは周囲に、現在のところ強盗殺人といった種類の流血をしか直接に見ないせいかもしれないが、しかしこの戦争から私たちのすべては、他人の血を浴び、その犠牲において生き残ったのであることを、改めて確認したいと思う。

大ざっぱに分けて、現代世界の思想あるいは動向としての、クリスチャニスム、カピタリスム、コンミュニスム、ナショナリスム、ミリタリスム、コロニアリスム等それら一切は流血の因子を内包しかつ現に流血しているのだ。人間が筋肉と脂と臓物によってなる以上、血は一切の思想にかかわっている。

　私は迷いさまよう、アンバランスな小説を書きながら如何なる了解可能な、理屈にあった思想よりも先に、それによって流され、また流されうべき、了解不可能かつ見方によってはナンセンスでさえある人血を根本のものとして考えなおす必要を感じる。

　現代は、どんな阿呆げた言葉、愚劣で卑俗な風習の下にも、一皮剝げば、大きな顔をした「思想」につかみかかり、嚙みつかんばかりなほど緊張した表情を秘めた時代のはずである。

堀辰雄のこと

五月二十八日、仕事のために羽田飛行場を見にいった。次から次へと飛び立ち、また着陸する、意外に薄汚い飛行機にも見飽き、待合所のソファにかけて夕刊を見ていた。そこで堀辰雄氏の死を知った。一瞬、眼の前に追分、軽井沢付近の草原や森の風景がひろがり、一本の道が草原を縫い、はるかな森に消えてゆくのを、具体的に、こまかく、その様々な細部もはっきりと、見る思いをした。

私は北陸の産だから、学生時代、一年三回の帰郷に際しては、いつも碓氷峠を越えていたのだが、軽井沢追分のあたりには、一夏十日ほど滞在したことがあるだけである。私の友人知己の多くは、実に不思議なほど軽井沢近辺が好きであるらしかった。彼らがあまりにもあの辺の風物を礼讃し、年がら年中軽井沢へゆく話をするので、私は年に何回か往復していたのだが、途中下車もしなければ、あの辺に住んでみる気も決して起さなかった。帰るべき田舎がないわけじゃあるまいし、あんな都会化したようなせぬような、中途半端なところへはゆかない、というような、意地みたいなものをはって、いつもあの辺を横眼で睨んで通りすぎた。だから、六月三日、増上寺で葬儀が行われたとき、中村真一郎、芥川比呂志、福永武彦、加藤道夫、小山正孝、矢内原伊作、（加藤周一がどこにいるかな、と思ってあたりを見まわし、そうだ彼はフランスだっけ、と思いなおした）――などの、もう既に交友十年を越える友人たちの姿を見出したとき、もういちど、私は軽井沢近辺の風景を思い出した。そしてまた、昭和十六、七年頃の自分をも思い出した。

その頃、私は杉並区成宗の、堀辰雄氏の家のすぐ近所に住んでいた。堀氏の家の前には、バスの停留所があり、私が二階の窓からぼんやり通りを見ていると、屢々前記の諸君がバスから下りて来て堀氏の家へ入っていった。詩誌の『四季』編輯上の用件か何かであったろうと思う。私は一度も声をかけたことがなかったが、実によく通って来るなあ、と思っていた。ということは反面、なんじゃいあいつらは、と思わぬこともなかった、ということでもある。その頃、彼らのどの一人に会っても、軽井沢ないしは追分、堀さん、についての話題が出ないことがなかった。

私自身、散歩の途中で屢々出会い、いつとはなく挨拶をするようになり、一度だけ下駄ばきでお訪ねしたことがある。帰るさに玄関で、棒縞の質素な着物を着られた夫人が、おやおや下駄で、といわれ、ええ、ついそこなんです、と答えたことを覚えている。それぎりお訪ねしなかった。喀血された、重態らしい、快方に向われた、軽井沢へ引越された、といった噂は、近所の噂として、度々聞いてはいたが。

こんな訳で、私自身は、堀氏と直接会って話したことは、一回三十分ばかりの訪問と、成宗の町筋の裏側にある森や田んぼ付近で数回すれちがったという、それくらいしかないのであるが、氏の若い（氏は「友人」といわれている）「友人」たちとはかなり親しかったといってもいいと思う。葬儀場で、私は矢張り十数年前の知り合いである野村英夫君に会えるか、と思って心待ちに待っていた。野村君は、当時私がつとめていた国際文化振興会に欠員がないだろうか、と、堀氏の紹介状をもって来られたのであった。野村君と就職、何か私はこの二つが、一向にむすびつかないような、むすびつけると痛ましいから、なるべくそのことは考えたくないような、そういう妙に入り組んだものを感じさせられた。そして、そういう現実生活に投げ込まれるには、あまりに繊細すぎるような、そういう何かしら痛ましいようなもの、そんなものの影が、堀氏の若い「友人」たちのうちで私の知っている人々には、一様にともなっていた。そういう影のようなもの、それは私にも充分にわかるものである。殊に戦争中であり、誰もがいつどういう運命におとし入れられるかわからない頃のことであった。十分にわかるつもりではあったが、私には、そういう繊細さそのものが、どうにもやりきれぬ気持を起させることが多く、彼らが堀氏の指導でリルケやホフマンスタールを読み出せば、こっちはバルザックを読む、というふうに反撥した。私の考えでは、堀氏は、本当はそういう影のようなものに執着する人ではなく、恐ろしく丈夫な、そして現実生活のどんな荒廃にも堪え、かつ勇敢に乗り越えてゆく人、というふうに思えたのであった。震災のときに隅田川を泳ぎ切られた、という話を聞き、そうだ、その通りだ、と思ったことがある。

野村英夫君は、ずっと前に死んでいた。誰にも訊ねなかったが、私にはそれがよくわかった。先に、近所、ということをいったが、実際にも隣近所であり、かつ友人知己を通じて近所であり、また私自身の内心においても、そうであった。早く出征した友人たちから、堀さんの新しい本が出たらしいが、送ってくれないか、という手紙を三通ほど受取った記憶がある。送り先は、中国の奥地、ビルマ、それからもう一つどこだったかどうしても思い出せない。この三人とも戦死してしまったが。

そういう人たちにとっても、堀氏は「近所の人」だったのである。堀氏は、戦争中の、ある種の青年の心にとって、「近所の人」であった。「窪川稲子さんに」あてた「美しかれ、悲しかれ」という題のある手紙の「2」に次のような一節がある。

……さまざまな見知らぬ他人との対話だとか、他人の悲劇への参加（けれどもそれ等の差し出がましい助言者にも、またひややかな目撃者にもなりたくはない、ただその傍らにじっとしていて、それだけでもって不幸な人々への何かの力づけになっているような者になっていたい……）

――後略

堀氏は、そういう人であった。そして、これが窪川稲子氏にあてられた手紙の一節であり、またこれを「二人の友」（中野重治氏と窪川稲子氏）という文章と読みあわせるとき、堀氏の願望がどういうものであったか、またそれはどういう底の深さと、底の方でのひろがりをもつかは、わかるように思う。「他人の悲劇への参加」が、文学であるためには、それは文学の内面から、底の方で他人の魂と相結ぶという、そういう在り方でなければならない。堀氏の文学の強さも弱さも、そこにあるのである。騒々しい演出は、口の端から消えてゆく。

試みに――どの本でもいいのだが――角川版作品集の『晩夏』をとりあげてみよう。

「生きんとする劇的な悦び」（Ombra di Venezia）

「私は病床にあって……いかにも赫しい、充実したような日」（ゲエテの『冬のハルツに旅す』）

そういう正面切った言葉が、いくつも見出される。昭和十二年から二十年までの、八年にわたる戦時に二十歳代をもった私および私の友人知己が、堀氏をつねに、近所の人、と考えて来た理由のうち、根本的なものは、あのいつどうなるのかもわからなかった日々に、底深く「生の悦び」がどこに、どんな形でありうるものか、をことば少ない端正な文章で声低く、どもりがちに語りつづけられたことにあるのだと思う。

その頃、およびいまでも私は、死を通して見た生、とか、死の陰画としての生、とか、死に照し出された生、とかというういい方で堀氏の文学を語ることを嫌う。そんなことをいってなんになるか、という気がするのである。

堀氏は、乱世に生きる日本の文学者の伝統に深く根を下しているということを、その一、つ、の典型にちかいということを、もっと作品に即して書きたかったのだが、こういうことになってしまった。

「私たちもいつか生涯の夕べに、自分の道づれの一人が自分の切に求めていたものとはつい知らずに過していているようなことがあろう。彼が去ってから、はじめてそれに気がつき、それで何気なく聞いていた彼の一言一言が私たちの心を燃え上らせる」（『エマオの旅びと』）

「生の悦び」（晩夏）

個人的な記憶二つ

僕は敗戦のとき上海にいた。天皇の放送をミリントン印刷会社で聞いた。聞きながら、すぐに僕は柳雨生や陶亢徳などの、大東亜文学者大会に参加した、つまりは侵略者たる日本側に協力した文学者たちの運命に思いをはせた。彼らは一体どうなるのか。もとより彼らには彼らの覚悟があろうし、私などの思いも及ばぬ情報ももっていたであろうし、準備もあったかもしれぬ。この二人だけではない。このほかにも、私たちの知合いだったすべての中国人は、私たちの思いも及ばぬ道を辿らねばならぬ……。天皇はしかし、アジア全領域に於ける日本の協力者たちの運命について、何と挨拶したか。思い出して頂きたい。

僕はあのときほど愛国心に燃え立ったときはなかった。天皇がどんなに形式的な、そして薄情でエゴイスティクなことを云おうとも、僕らは、何としても日本人のまことの心を云わねばならぬ、と思った。柳雨生や陶亢徳がどんな人物であれ、また、彼らが明らかに中国人民の眼から見て裏切者、漢奸であろうとも、その彼らに対して、そして彼らだけではなく、広く中国の文化人（この言葉は、日本に於けるそれよりも、もっと広い、漠然とした意味を中国ではもっていた）に対して、一言、云いたかった。何もあの戦争を正当化しようというのではない。また、通り一遍の詫びごとなどをいうのでもない。日本がかかる運命に陥ったことについて、正確なことを何か一言、あの瞬間に於て云いたかったのだ。

日頃、すべてに於てのろくさく、動作言動の緩慢な僕だが、僕は限りなき愛国心（と僕はなんのてらいもなく云い得る）にかられて、僕流に、ではあるが、敏速果敢に行動を開始した。

僕はもとより無一文、友人連中もみな金というものに縁がない。金のあるのは軍である。軍に談判に出掛けた。紙をもっているのも軍である。紙をあつめに軍へ談判にいった。銀行へも金を出せ、といって強談判に出掛けた。不可解なことに、すべて、うまくいった。僕は「中国文化人ニ告グルノ書」というパンフレットをつくるつもりだったのだ。上海にいた人々に原稿を依頼した。武田泰淳、内山完造、末包敏夫（牧師）その他の人々もすぐに承諾してくれた。僕はこれを百万部くらいも刷って、出来れば全中国に散布したいと思っていた。軍の飛行機が日本側の自由に動かせる間は、それを使ってでもやろうと思った。奇妙なことに、航空隊の動員さえが、成功しそうであった。

いま思えば十年前、たいへんな情熱に身をやいたわけである。全身の細胞が沸々と湧き上るほどの情熱に動かされて、あちらこちらと金もないのに動きまわった。出来て来た原稿は、次々と室伏クラ嬢が華語に飜訳してくれた。室伏嬢は、室伏高信氏のお嬢さん、『女兵』の訳者であり、まことに異常な性格のひとではあったが、戦争中の日華交流の歴史にとっては、半頁くらいは何か書かれてしかるべきひとであろう。戦後、一九四八年の早春、神経衰弱で、自殺同様の死に方で、上海で客死した。彼女の不幸は、恐らく「戦争中の日華の文化交流」という言葉をしるすとき、彼女をよく知る僕すらが、この言葉に疑問符をつけたくなるところにもあるのだろう。クララよ、やすらかに眠れ。

　クララの訳してくれた原稿を、僕は次々と印刷所へもってゆき、まだのこっていた印刷工に組んでもらった。ところが、当の印刷所で、騒動がおっぱじまった。印刷工のなかの、旧抗日派と旧親日派のあらそいがはじまったのだ。当然のなりゆきであった。やがて、抗日派が勝った。これも当然のなりゆきであった。僕は抗日派印刷工の親玉に面会し、事の次第を話し、金と紙の準備もあることを告げた。けれども僕の頼みは拒否された。理由は、戦後になってからも日本人の仕事をしたとあっては、後方から光復して来る主人たちによくは思われないだろうから、というにあり、しまいには、かえって僕の方が、頼むからこんな仕事はさせないでくれ、と嘆願される始末であった。

　これでは仕方ない。他の印刷所をさがした。が、事情は同じであった。印刷工組合に事の次第は通報されてあったからである。僕は、あきらめた……。原稿を書いてくれた人たちには、あやまった。しかし、僕は僕の情熱にかられた行為を少しも後悔などしなかった。あんなにも、全身でもって日本という、自分をもその一として含む存在を愛した経験は、それ以前にも、以後今日にいたるまで、僕には、ない。

　三つ四つの印刷所をめぐり、ついにあきらめて帰って来たとき、クララが云った。

「印刷工たちが臆病になっているからといって、あなたが御自身に絶望なさることはないでしょう。中国の人たちは……」という彼女の中国人に対する知識と認識について二三の例を並べ、おしまいに「あなたの尊敬しておいでの魯迅先生は『野草』に、『絶望の虚妄なるは希望のそれにひとし』といっているじゃありませんか」と。

それは、絶望、希望、利益、不利益、臆病、不臆病などの、泡立つものよりも、一段と深い認識であった。

ひどく個人的な話を書いてしまった。けれどもこれは、一度は、目立たぬ場所にしるしておきたいと思っていたことであった。当時、僕は二十七歳。柳雨生は二十八歳であった。柳、陶の二人は、一九四六年に、反逆罪により、各三年の懲役に処せられた。法廷での態度も、みれんがましいところは、いささかもなかった。陶一家は、日本敗戦直後行方不明となり、柳一家に対しては、四六年中は、室伏嬢と僕とが、ときどきひそかに見舞にいった。

聞くところによると、二人は一九四九年、中国共産党軍が上海に入るしばらく以前に、刑期満了して出獄した、とのことである。二人はどこにどうしているであろうか。

陶氏は、僕などよりはずっと年上でもあり、処世態度に於ても、単純な人ではないように見うけられたが、柳雨生は、なににしても若かった。僕は、この人たちのことを思うごとに、複雑に入組んだ気持におちいらざるを得ない。中国の、正統な文学史は、彼らを敵に魂を売った裏切文学者としてしるすであろう、あるいは、戦時倥偬、ろくに作品もなしえなかった彼らのこととて、まったく無視するであろう。そして我が日本の中国文学者諸氏は、いまごろこの意義深い中国文学全集のはさみこみに、こうした個人的、かつつまらぬ、文学者とも云えぬ文学者について書いた僕に対して怒り出すかもしれない。

が、怒られてもかまわぬ。僕はそういうことがあったとして、この二つのことをしるしておく。

方丈記その他について

四月号の「文芸」にのっていた一葉の写真が私の心をうった。それは坂口安吾氏の、本年一月十二日富山市の旅館にて、撮された写真である。怪僧のような面影もさることながら、私の眼を射たものは、氏自身ではなくて、コタツの上に散っている四五枚の色紙であった。色紙のうち、二枚に、梁塵秘抄に収められているうた、「遊びせんとて生れけん戯れせんとて生れけん遊ぶ子供の声きけばわが身さへこそゆるがるれ」がしるしてあった。

コタツの上の色紙に、このうたを読んで、私は、坂口氏にして然《しか》あるか、と思った。壮烈な乱世の戦士の心底の優情を露骨に見せつけられる思いをした。

あそびをせんとやうまれけむ
たはぶれせんとやむまれけん
あそぶこどものこゑきけば
わがみさへこそゆるがるれ

こういううたを感傷として片付け退け得る人は幸福である。このうた、はやりうたは、日本の歴史のうちでも何大乱世のうち、と呼ばれてしかるべき、中世、鎌倉末代に京の巷でうたわれたものである。この頃の歴史を調べたことのある人は、「細民は、旦暮に其生を安じがたく、京師飢饉あること亦稀ならずして、病者に至りては路頭に臥すもの多かりしと云ふ。此の如き境遇に在りては、人生の意義なるものも、極めて浅薄なるものなれば」云々という日本中世史の著者、原勝郎博士の言葉を承認しなければならなくなる。絶え間のない戦乱、政治的惨劇、飢饉、悪疫、地震、洪水、大厦高楼の炎上滅燼、天変地異相継いで至り、よくもまあ神様はこれほど丹念にひどいことばかりを集めたものかな、と呆れたくなるほどのひどさである。少し時間を前後にひきのばして眺めてみると、梁塵秘抄ばかりではなく、歎異抄、方丈記、明月記、金槐集、平家物語などは、みなこの時代に書かれたか、想をそこに求めたかしたものである。

……しかも世の中に武者おこりて、にしひんがし北南、いくさならぬところなし。打ち続き人の死ぬる数きく夥し。まこととも覚えぬほどなり。こは何事の争ひぞや……武者の限り群れて、死手の山こゆらん。

……一つ身をあまたにかぜの吹き切りてほむらになすも悲しかりけり（西行）

……うばたまや闇のくらきにあま雲の八重ぐもがくれ雁ぞ鳴くなり（「黒」と題する実朝の歌）

末世感、末期感はその色を濃くして真黒なものと化してゆき、ついには親鸞の「よろづのこと、みなもてそらごと、たわごと、まことあることなき」という次第になる。そして宗教は、救いだけではなく、呪詛、つまり魔道廻向、魔縁呪詛、御経沈めなどという、カトリックの方でいう黒ミサ、ブラックミサに似たことまでがはじまる。凄壮な深淵が人々の精神にぽかりと、あらわな穴をのぞかせ、その深淵の上に、平家物語の「唯春の夜の夢のごとし」という架け橋がかけられる。

何のためにこんなむかしのことを持ち出したか。私は戦争中、空襲による焼け跡、廃墟を通ったり眺めたり、また三月九日夜から朝にかけての東京爆撃のあと、友人の安否を訪ねて深川本所あたりをうろつき、安否も何も、第一その所在もわからなくなってしまった焼け跡で日が暮れ、焼けのこった焼けぼっ杭をあつめて来てひとり火をたき、一夜をひんまがったトタン板を何枚かかぶって野宿したことがあるが、そのときのことを考えている。そのときも、――吹き通しになった焼け跡には恐しく冷たい、そして風足の早い風が灰塵を吹きつけて来た――トタン板を吹きはがされぬよう心を配りながら、私はしきりと方丈記やその他、鎌倉末期の文学文献のことを考えていた。そして自分の乱世観、廃墟の観が、到底あの諸々の古典を出るものではないことを自覚して長大息した。当時私は二十七歳、ひそかに芸術至上主義者をもって任じ、またひそかに、紅旗征戎吾事ニ非ズ、というつもりでいたらしい。またひそかに、一方では、この奇妙な連載短文のはじめの方で書いたことだが、天皇を親玉とするあれらの高級ぶったごろつきどもを東京の中心からどこかの海へ掃き出してしまう法もないものか、とねがっていた。そして黙っていた。何もしなかった。ぼんやりと、廃墟をうろついて「風はつねに吹く物なれど、かかる事やある。……火のひかりに映じて、あまねく紅ゐなる中に、風に堪へず、吹きゝられたるほのほ飛が如くして、一二町を越えうつりゆく。其中の人うつし心あらむや。……古京はすでに荒れて新都はいまだならず。道のとほりをみれば、車にのるべきは馬にのり、衣冠布衣なるべきは多く直垂をきたり。羽なければ、空をも飛ぶべからず。竜ならばや雲にも登らむ」と暗記していた章句を現実に眺め、鴨長明が二カ月もかけて京の死者の数をかぞえて歩き、「すべて四万二千三百あまりなんありける」としたのを、こうして死者の数をかぞえるという行為、これこそが時代の作家のもつべき根本態度だ、というようなことを考えていた。そしてまた、はじめにあげた梁塵秘抄のはやりうたと相呼応するものとして、一言芳談抄のなかにある短文、「或云、比叡の御社に、いつはりてかんなぎのまねしたるなま女房の、十禅師の御前にて、夜うち深け、人しづまりて後、ていとう〱と、つづみをうちて、心すましたる声にて、とてもかくても候、なう〱とうたひけり。其心を人にしひ問はれて云、生死無常の有様を思ふに、此世のことはとてもかくても候。なう後世をたすけ給へと申すなり、云々」という、何か窮極の、いわばきめつけとでもいいたい文章を何度も何度も思い浮べた。しまいには、この「なま女房」なるものの、物狂ったような真剣さで、ていとう〱とつづみをうって、とてもかくても候、なうなうとうたう姿が眼先にちらついてやり切れなかった。増鏡のなかに出て来る老女が、「これより日本国は衰へにけり」と呟くのも、無気味であった。

　ここでは私一個のことに限って述べたが、人間の条件、日本人の条件とは何か？　私一個に限っていえば、こういう深淵に触れ、ある恐怖と、その上での自信に満ちたものでなければ信用する気になれない。壮烈な、花田清輝氏のことばによれば、「トラック」であった坂口氏にしてなおしかるか、と。

鴨長明の「方丈記」は、私にとって絶えざる戦いの相手である。相手である、などといえば不そんなことを、と文句の出る向きもあるかもしれないが、身近な相手として文学古典をもちえないならば、古典は、しょせん一種の飾りものになってしまうであろう。

「方丈記」が戦いの相手として、私のなかへ深くはいってきたのは、戦争中のことであった。昭和二十年三月十日の東京大空襲の明くる朝、広大な焼野原と化して焼死体のごろごろところがっている東京を歩きまわっていたとき、卒然として私は、自分の世界観、人間の生死災害を見る目、人生とこの世の無常なる様をうけとる、そのうけとり方が、根本的には鴨長明のそれを一歩も出ていないことに気付き、がく然とした。

なぜ、がく然としたか。その当時、心の一方では、戦争による、これらの大不幸をもたらした元凶である、B29に象徴されるものと、日本の上層部の指導者どもに、どうしたら復讐することができるか、と考えていたからである。

もし「方丈記」の「ゆく河のながれはたえずして、しかももとの水にあらず。よどみにうかぶうたかたは、かつきえかつむすびて、ひさしくとどまる事なし。世中にある、人と栖と又かくのごとし。……朝に死に、夕に生るるならひ、ただ水の泡にぞ似たりける」という、この体系、この世界観を認めるならば、そこからは、いかなる責任の体系も出てきはしないからである。復讐は成立しない。

＊　＊　＊

「羽なければ、空をも飛ぶべからず。竜ならばや雲にも登らむ」と嘆くよりほかに、悲しみも怒りもどこへももってゆきようがない。「方丈記」の体系、論理は、成立すべき弁証法を自ら消してゆく論理である。責任解消である。

とはいうものの、空襲下に、火に追われ食い物もなくてさまよった経験のある人ならば、鴨長明の安元治承年間の天災地変、火事、つむじ風、飢餓などの強烈な迫力のある叙述に接したら、恐らく、他のいかなるものにもましてあの当時のことを思い出すであろうこともまた疑いを容れない。

では、どうして鴨長明が、乱世に処してあれだけの描写力をもちえたか。それは彼のもっていた無常観の深さによる。無常観とは、いいかえれば、一つの生命観のことである。彼は、京の餓死者の数を「一条よりは南、九条より北、京極よりは西、朱雀よりは東の路のほとりなる首、すべて四万二千三百あまりなんありける」というほどに、それを数えてまわることのできる徹底したリアリストであった。

しかし、また一方で、このリアリストの世界観「身を知り、世を知れれば、願はず、わしらず。ただしづかなるを望みとし、愁無きを楽しみとす」という世界観を、たとえばイエス・キリストと比べたらどういうことになるか。

「方丈記」のもつものを現代の問題として考えてみる。私たちの心底に、無常感が生きつづけている限りでは、私小説と私小説的なものは、永遠に生命を失わぬであろう。それは「世にしたがへば、身くるし。したがはねば、狂せるに似たり。いづれの所をしめて、いかなるわざをしてか、しばしも此の身をやどし、たまゆらもこころをやすむべき」という誠実さ、この誠実に足をふんまえて長く生きつづける。鴨長明は私小説の元祖の一人であり、かつまた「方丈記」の結語として「そのとき、心更にこたふる事なし」というとき、日本の哲学の元祖の一人でもある。

日本の現代文学が直面している根本的な困難は「寄居（かうな）はちひさき貝を好む。これ身しれるによりてなり」という、かつて私小説がもちえた倫理的なリアリティと、現代社会が要求する責任の体系とをどう結びつけるか、その結び目をどこに見出すか、現代の日本人が身のほどを知るのはどういうときであるか、いやそれより以前に、現代人の身のほどとはいったい何か、これらの問い、すなわち、ここで一段飛躍していえば、自由の問題に答えるために、正直にいっていかなる借り物でもまったく間尺にあわなくなっているという点にある。「ゆゑいかんとなれば、今の世のならひ、此の身のありさま、ともなふべき人もなく、たのむべきやつこもなし」……。

奇妙な一族の記録

妙なものを書く羽目になった。元来、私は自分が文筆の業に携っているからといって、つまりは世の目に立つ仕事をしているからといって、滅多矢鱈に写真をとられたり、またその仕事自体とあまりかかわりのない妻や子供までが、たとえば雑誌の口絵に出されたりすることを好まない。従って、父のことも母のことも書きたくない、となると、文芸研究タンテイ説の論者にとっては困りものということになるかもしれない。困りものになっても一向にかまわないが、いま私は自分の父のことを語ろうとして、父は一九五三年に死んでいるから、もう亡い人だから、という理窟にならぬ理窟をとりつけて、それで自分を納得させて書いてみようとしている。そういう次第であるから、肝ッ玉の一部に何かグリグリのようなものが出来たような気持でこれを書いている。そういえば、私の父、堀田勝文は、肝ッ玉にグリグリが出来て、肝臓ガンで死んだのである。六十八歳であった。私自身も、そのくらいの年齢に達したとき、一生の仕事の予定部分を大体了え、同じグリグリ病で死ぬのであろうと思っている。

私の家、つまり越中富山は伏木港で、何百年のあいだ廻船問屋をやってきた商標〈一、屋号鶴屋善右衛門家は、なんでもむかし吉野朝の朝臣だったということで、後醍醐天皇没落時は、その第八皇子の宗良親王を奉じて、先の港に落ちのび、そこで鶴屋と称して廻船問屋をはじめ、越中から米を北海道にもって行き、北海道からは海産物を積んで来る、という仕掛けで坊主になった親王一族を養って来たのだ。こんな風に聞かされている。従って、伏木港のつい隣りに店をひらいていた銭屋五兵衛、それから北海の英雄高田屋嘉兵衛などとも取引があった。その船積み証文などがまだ残っている。ついでにいえば、坊主になった親王一族のひらいた寺は、氷見というところにある西念寺と申すそれで、現在そこの若い住職は、東京は目黒の長泉院で学問をした人、といってもあまり人は知らないかもしれないが、長泉院とは、作家武田泰淳氏のお寺である。私は死んだら武田氏にお経をあげてもらいたいと思っているが、彼のお経がすむというと、彼の弟子のお坊さんに水をぶっかけられる、という次第になる筈である。

さて、話は横辷りして行くが、もう少し辷り放しに辷るというと、近頃私は南九州を、かなりこまかく見て歩いた。それで、各地で、というのは天草で二人、薩摩半島で何人か、堀田という名の方にぶつかっておどろいた。南九州といえば、日本歴史のなかでも各時代の敗北者や落人が逃げ出して、もうそこが日本のドンヅマリで、海よりほかに行きどころのないところだから、ひょっとして九州の堀田氏たちも、南朝の落人なのかもしれない、と私は勝手に空想をした。天草の一人の堀田氏にいたっては、堀田善久さんと申されるのだから、こっちの方で気味が悪くなった。ちなみに、私の家の代々の名は堀田善右衛門と称し、私の兄弟は、善朗、善二ということになっている。これでは、堀田善久氏にぶつかっておどろかぬ方がどうかしているということになるだろう。

ところで、もう一つ辷ることにする。それは旧い家の構造についてである。私の生れた家は、元来北国の、廻船問屋といわず、問屋式の家の代表的なものであったらしく、古い民家の写真集などにもよく出ていたものだが、父がこの家を嫌い、昭和七年頃にアパート風に改造して、人に貸し、その後は当時の面影がまったくなくなった。なくなったのだが、今度私は九州南端の坊津町へ行き、そこで旧いわが家そっくりのにぶつかり、ひどくなつかしくなった。というのは、坊ノ津は、千年以上のむかし、遣唐使以来の開港場であり、「日本総津」の名をほしいままにしたこともある。従って、唐天竺との密貿易華かなりし頃の根拠地でもあり、天竺徳兵衛とか、呂宋五郎左衛門などの言い伝えものこっている。銭屋五兵衛の密貿船も、もちろん寄港している。従って、わが家血縁の猛者連中も、と私が空想をしても、そうとがめないでほしい。

ところで問題の旧い家である。柱が太くて黒光りをしていることはいうまでもないが、その二階が変っている。二階へあがる階段が変っている。その階段は、いつなんどきでもとりはずしが出来る三角形の箱型のそれである。そして階段をとりはずして、それで下の間から二階にあたるところを見上げるというと、とても二階に間があろうとは思えないという、きわめて珍奇かつ奇怪な仕掛けになっている。つまり二階の天井は低く、側壁も船底の部屋のように湾曲していて、外部から見れば、いささか背の高い平屋造りということになる。二階というよりは、屋根裏部屋といった方がいいかもしれないが、しかし、相当人数の寝泊り出来る、あるいは相当量の荷物を貯蔵（あるいは役人の目から隠匿）出来るほどの広さをもつ間を、屋根裏部屋ということばで呼ぶことは、少々工合が悪かろうと思う。

そういう家で、私の家も、あった。廻船問屋の家というものは、全国的にそんなふうな仕掛けをもつものであったろうと思う。貿易の自由がないときには、船関係の仕事は多かれ少かれ密貿易的な匂いを帯びることに何の不思議もないであろう。九州久布志の町には、なんでも問屋から浜まで地下道を掘ってあった家があったそうであるが、そこはまだ見ていない。そんな二階、広々としていて上ってみるとヒンヤリとして、平生は真暗なのだが、その二階を私たちは船頭部屋と呼んでいた。千石積みの船、五百石積みの船が航海から戻ってくると、船頭諸氏がそこに寝泊りして酒盛りをひらいたり、バクチをしたりするところであったという。私の家では、その二階の上にもう一つ、物見の櫓がついていた。

その櫓に、年寄ってもう海に出られない、古手の船頭があがって遠眼鏡で海の彼方を睨み、白帆をあげた和船を水平線に見つけ、その帆にしるしてある紋様を見きわめて、それが鶴屋の船であったならば、櫓の窓から大声を発して船の無事帰来を町中に告げる、とまずこんな仕掛けになっていたようである。船が帰港するとわかると、船頭たちのおかみさん、子供衆、お爺さん、お婆さんなどが一斉に家を駈け出して浜に集まり、歓呼して迎える。その夜、小さな港町は、それこそ町ぐるみで大宴会となる……。

どうやら話は、横辷り、縦辷りに辷りすぎて、空間的には九州南端、時間的には明治以前にまで辷っていってしまったが、ここらでもう一度、夏は暑く冬は寒い、そして一年中雨ばかりが矢鱈無性に降る北国へと戻り、父の話に戻ろう。私の家の者、男たちは、大体ぜんぶ〝善〟の字がついているのに、父だけが何故〝勝文〟というエトランゼのような名であったかというと、それは、祖父母に男の子がなかったせいで、父が野口家から養子に来たからである。この野口家というのは、ドイツで空気から窒素をとる術を仕入れて来て日本窒素（だったか？）という肥料会社をつくった故野口遵氏の一族で、もっとも野口遵氏というのはかなり変った人で、評判ではたいへんなケチンボであったとかということだ。私はそれはケチンボなのではなくて、西洋流の個人主義者であって、一族ぐるみでもって出世者にぶら下る風習を嫌忌した人なのであろうと解しているのであるが、このほかに大正の中期に警視庁の警務部長をやり、朝鮮総督府の警務局長に赴任する直前に急死した野口淳吉氏もあり、この野口氏の直属の部下に、大正期に学生運動や米騒動、労働運動、革命運動、朝鮮人の運動などの弾圧に専念した警官、いまの原子力大臣、ガマ蛙のような正力松太郎氏がいた。さて、こんなことを書いて行けばキリがないというものだが、私の父、野口勝文は、明治四十三年、慶応義塾大学理財科を卒業した。そのときの同級生に、かつての慶応の塾長、いまの皇太子の修身の顧問、小泉信三氏があった。

そういうわけで、私が昭和十一年に慶応の法科予科に入り、十七年に仏文科を卒業するまで、小泉信三氏は私の身許保証人であったのだが、不肖の息子は、はじめから小泉信三という、あの恰幅のいい美男子であり、リベラリストと称される人を好まず、在学中、いっぺんも会いに行ったことがなかった。卒業式の後で、ひょいと頭を下げに行ったことがあるだけであった。

父は終始、福沢諭吉を尊敬していた。学生時代に、この父と福沢氏について私はしばしばいい合いをしたことがあった。私はものの本で読んだ平民新聞のことなどを、福沢氏の『帝室論』とからませて、福沢氏は真の意味のデモクラットではない、と云い張ったのに対し、父は幕末から明治から次の時代へのうつりゆきに於て、いかに福沢氏が貴重な存在であったかをじゅんじゅんと説いた。明治父の眼底には、若き日、三田の慶応義塾グラウンドで、十九世紀がおわって二十世紀がはじまるその晩、福沢氏を真中においてカンテラ行列を行い、世紀の交替を祝ったそのときの、恐らくは青春の思いとかさなった存在であった福沢氏の姿が灼きついていたのである。しばしば父は、その夜みんなでうたった歌、十九世紀を送る挽歌であり、二十世紀を迎える歓迎歌のごときものをうたってきかせた。しかし、私が思うに、二十世紀、すなわち一九〇〇年が来たのは、明治三十三年である。いかに呑気な父でも、十年も大学にいて、明治四十三年に卒業ということはないだろう。それは福沢氏に対する愛情が、当時慶応にあった伝説と相結んで生じた、父の幻想であったろうと思う。とにかく、福沢氏の論説の如何などはどうでもよかったのかもしれない。卒業に際しての記念写真があるが、襟のつまった十九世紀風の背広を着、カイゼル髭をピンと立てている。このカイゼル髭はその頃の学生の流行であったらしく、同窓生の大部分がこれをたてている。

さてしかし、父は、実は、えらいところへ養子に来たのであった。つまり、父は明治末期、大正初期、千石積みだ、五百石積みだなどとはいうものの、和船などではとても商売にならぬ、鉄製の蒸気船でなければ話にならぬ時期にやって来たのであった。和船の廻船問屋というものがなりたたなくなり、株式会社制の、今日でいう船主でなければ商売にも何にもならぬ危機的な時に、古めかしい伝統としきたりばかりの厳重な家へやって来た。いうなれば、封建的な、個人経営の問屋を、大学で得た新知識をもって資本主義的経営に切り変えるべき使命と宿命をもたされた。ここに宿命といったのは、今日の大財閥なるものが、もとを糺せばすべてこれ、問屋だったのであり、彼等は資本主義の露骨さを、露骨なままに、うまく運用していったというわけであろう。わが優しき父にはそれが出来なかった、とでもいうべきか。いかに日本の資本主義御用達のための人物を養成するところを卒業したとはいえ、本を読むことの好きな父は、無理なことが出来なかった。苦心惨憺してつくった鉄製の蒸気船も、神戸で進水式をやったなり、まだ艤装もすまないうちから借金のカタとなって、進水をしたその神戸の海を、引船に鼻面ひかれてどこかへもって行かれてしまった。あわれな話である。この船は、今度の太平洋戦争まで生き残っていたが、ガダルカナル周辺で爆撃され、戦死してしまったという。

明治末期から大正時代いっぱいは、まことに父にとって苦難の時期であった。そして、裏日本の境、敦賀、七尾、伏木、新潟、酒田、青森、函館、小樽、稚内などの港々にあった廻船問屋は、この時期にほとんどぜんぶ没落してしまっている。みな、まことにショビショビしたことになっているのである。聞くところによると、評論家の亀井勝一郎氏は、函館の廻船問屋の令息であったということであるが、亀井氏の家も、恐らくはむかし想えば、それこそカタナシに没落しているということになるのであろう。四年ほど前に、私は北海道へ旅行し、日本の北端である礼文島へ行ったことがあるが、そこでカニとニシンの網元の大福帳を見せてもらったところ、大取引先として麗々しく鶴屋善右衛門という名が、達筆でしるしてあった。日本の南端や北端でそれを発見するというのは、廻船問屋というものの性格から来ることであろうか。それとも辺境残存の法則とやらというものにもとづくものであろうか。北端の礼文島でそれを見て、私はわずか五十年くらいのあいだの、日本の激しい変遷をまざまざと見る思いをした。実に近代日本ほどの、社会的変動の激しい歴史をもった国は少ないだろうと思うのだが、しかも太平洋戦争という御破算的な災殃までももたされたのだが、社会的変動ばかりがあって社会変革というものが、これといって見当らぬのはどういうわけあいのものだろうか、と疑いたくなってくる。われわれの歴史は、余程穏健かつ漸進的な歩みをもっているのである、とでもいうわけであろうか。さて、わが父が日本資本主義の尻っぽをつかまえようと苦心しているうちに、子供たちは次第に大きくなっていった。私は大正七年の生れである。すなわち米騒動、シベリア出兵の前年であり、第一次世界大戦終結の年である。米騒動は、伏木港の対岸、滑川の女房連中がおっぱじめた、革命的な暴動であった。全国でこれに参加した人間は、七十万人に達する。その頃日本の人口は七千万人くらいであった筈だから、百人に一人は参加したことになる。

滑川の騒動は、すぐに富山、高岡、伏木にうつったが、祖母の話によると、伏木ではさしたることもなかったという。というのは、米騒動めいたものは、明治以前から明治以後もたびたびあった。しかも、廻船問屋というやつは、米を買占めてそれを北海道、樺太へ売りに行くのだから、いわば元兇のようなものである。父は、ただちに米倉をひらいて廉売をさせ、また風呂釜で飯をたいて貧しい人々にわかち与えたという……。という話である。まずはごまかしたか、肩すかしをくわせた、ということになろう。

しかし、第一次大戦中の、船成金というやつ、これにも父は乗りそこなった。前記、進水式がすむや否や蒸気船が借金のカタとしてひっぱって行かれたという話は、この頃に属する。そのうち、第一次大戦後のモラトリアム、取付騒ぎが起り、資本主義の波に乗るために片足つっこんでいた銀行がつぶれ、ここで父は最後のとどめをさされたわけである。最後の、といっても、まだそれほどの年齢になっていたわけではない。がしかし、実業家としての生涯は、これで止め、というに近い心境になっていたろうことは、推察出来るのである。

大正末期、昭和初年の〝不景気〟の時代に、私は小学校へ上ったわけであるが、家裡の雰囲気は、まことに暗澹たるものがあった。仏間という昼間でさえ薄暗い部屋で、毎晩のように夜遅くまで親族会議がひらかれていた。破産宣告をめぐるものであったろうと思う。

その頃、

アナタハアナタノ道ヲユキ
ワタシハワタシノ道ヲユク
庭ノサクラノ咲クニサエ
タノシキムカシガ忘ラリョカ

という唄が流行した。

私がそれをうたうと、暗い顔をした父が、「コラ、不吉な唄をうたうな」と叱ったことが思い出される。

有金はぜんぶ取付騒ぎで出て行き、私の幼時はまだ、いわば惰性で子供には一人につき乳母と女中の二人が各自ついていたものなそうだが、使用人もまったくいなくなり、その日の暮しにも困るようになった。当時の日本資本主義の昂揚の素速さもさることながら、その蔭の、没落者の没落の速度の早さも眼を見張りたくなるほどのものである。のこったものは、借金、借金、借金である。

私の母は、まだピンピンしていて小さな石炭小売業を田舎でやっているのだけれども、母はその頃から貧しい人々のために託児所をやりはじめた。それは矢張り、わが家の没落と深くかかわりのあることであったろう。その頃からいまにいたるまで、母は託児所、つまり社会事業をつづけ、先年、天皇に面会し、讃めてもらった。私は天皇は大嫌いだが、母の喜びを邪魔しようなんぞとは毛頭思わない。

そうこうするうちに、子供たちが大きくなって行く。中学校は、兄弟ぜんぶ隣県、石川県金沢市のそれに入った。というのは、家裡の空気の陰惨さを見せまいとする父母の心づかいによる。ところで中学から大学へ行かねばならぬことになる。私たち三人の兄弟は、奇妙なことに、明治、早稲田、慶応とわかれて入った。慶応出身の父は、野球試合になると、さてどっちに味方したらいいもんかね、と呟いていた。しかし、とにかく、その大学へ行く学資がないのだ。いまならばアルバイトというところだが、そういうならわしがあまりなかった。夏休みがとうにすぎ、秋に入っても上京出来ないのである。東京へ行く旅費も、授業料もない。

何百年かつづいた家である。書画骨董のたぐいも相当にあった。中には貴重なものもあった筈である。が、それらも大部分なくなっていた。それでも少しは何かガラクタがのこっていた。そいつを処分して漸く費用を工面する。私にも、奇怪な道具類をかついで上京し、それを道具屋へもっていって金に換え、やっと胸をなでおろして登校した思い出がある。なかなかスリルがあった。

父は実業家としてはとどめをさされた。では、そういうとき、古い家がら、地方の旧家の連中は何をおっぱじめるか。なかなかニコヨンにはならないのである。それはもうきまっているのである。いまでも恐らくこの方式は変っていないだろうと思う。特に保守党の側では。

その方式とは、きわめて簡単明瞭、政治家になることである。

まず村長か町長になり、ついで県会議員というものになる。私の父もまたその例外ではなかった。永井柳太郎だの、松村謙三だとかという連中がやって来はじめる。たまには、陸軍大将だとか、海軍中将だとかいう金ピカ服のやつがやって来て、ばかでかい字を書いてみせ、飯を食わせろ、酒を飲ませろ、芸妓を呼んで来いという騒ぎがはじまる。こうなると、もう完全に、日本資本主義ではなくて、その兄弟の日本政治の世界ということになる。こうしたばか騒ぎが、相当長くつづいた。生活は本当に乱れた。父はだいぶあばれたのである。何度か大病もした。大政翼賛会というものが出来たとき、父は公卿が権力を握るとは何事か、と怒った。がしかし、命ぜられるままに大政翼賛会の下で、県会議長をつとめ、よって戦後は追放された。政治のばか騒ぎがつづいたとき、廻船問屋であった父が、海から陸に上ってトラック屋をやったこともある、とつけ加えておこう。

父の政治家生活については大して語ることもないのだが、一つだけ書いておこう。それは、選挙について、である。

その頃、私の家に、碁石という奇怪な姓の女中さんがいた。十七、八の若い娘であったが、これが、母の話によると、なんでも山窩の娘だということで、選挙が近づくと突然姿を消す。二三日して手足も顔も生疵だらけになって戻って来る。どこかの山奥の山窩の神様に当選を祈って来たのだという。選挙運動たけなわな頃、部屋のなかにいたこの女中さんが、突然奇声をあげて裏の藪のなかへ突進して行く。藪のなかには、刑事がひそんでいて、家の電話に耳を澄ませているという仕掛けになっている。夜中でも昼日中でも、木の葉のそよぎ工合を聞きわける耳をもっていた。耳も眼も恐しく鋭敏で、大人しい娘ではあったが、何とも気味が悪かった。この娘の父母は、なんでも実の兄妹であるとかいうことで、娘自身も、母の諫止にもかかわらず、ひそかに実の弟と結婚し、ここに詳しくは書かないが、父母（すなわち兄妹）もこの娘夫婦（すなわち姉弟）も、ともども悲劇的な生涯を終えた。このことは、これだけでとどめておく。彼女のことを考えると、私は人生の薄気味わるさに背筋がぞくぞくして来る。

父はしかし、この政治家生活を決して喜んではいなかった。平生、政治家ってものはな、何一つ物をこしらえるわけじゃなし、えらそうな顔をして演説なんかぶっていてもな、みんなみんな他人のフンドシで角力をとって、それでわれわれひとり偉がっているだけさ、と云い云いしていた。私が夏や冬の休暇で帰郷するときには、丸善へ行ってロンドン・タイムスをかためて買って来い、とか、チャーチルの新著を買って来い、とかという。結局、英国が好きであった。アメリカもソ連も大嫌い。矢張りオールド・リベラリスト、というべきか。

お化粧が大好きで、クリームやコスメチックなどは、母よりも沢山もっていた。専用の鏡台をもち、チョビ髭の整髪道具、マニキュア用具までもっていた。洋服や靴にいたっては、戦中戦後も、兄弟もろとも父のお古をもらってまったく不自由しなかった。英国流というのか、雨が降らなくても、二六時中傘をもち、日がカンカン照れば飴色の日傘をさす。嚢中無一文でも、おしゃれだけはしなければならぬという人であった。奥床しいさむらい、とでもいうべきか。

政治家生活の初期に、非常な情熱をかたむけて〝物をこしらえ〟ようとしたことが一つある。それは海面の埋立て工事である。コダックの写真機を買って、現場をいちいち、何百枚か写してまわった。がしかし、埋められた海は怒って、片端からぶっこわし押し流した。それは実に長いあいだかかり、太平洋戦争になってから漸く完成したのだが、戦後はそこへ工場がたつわけでもなく、ウラジオ、北鮮、満州との貿易もなく、港には船の影まことに寥々、父の念願の埋立地は草ばかりが生い茂り、荒涼たる眺めである。コンクリートの堤防は日本海の荒波に次第にぶっこわされ、苦心して海から吸い上げた砂と土は、もとの海へ戻って行く。荒涼たる眺めとなっている。

先年の冬、坂口安吾氏が訪れ、私の母の案内で見物に出られたが、鉛が煮えたったような荒波を眺めて、立派な海ですなあ、こんな見事な波は見たことがない、としきりに感心されたというが、その波が、一人の人間の情熱のかたまりを次第に海へ流してしまう。

先に大正末期から昭和初期のこと、及び、母が託児所をはじめた頃のことを書いたときにつけ加えるべきだったのだが、その頃、直接私の兄弟にはなかったが、まわりから社会主義者が出た。父母は、黙々としてその人を警察から救い出すことに力を注いだ。

戦後になって、追放中、次のような会話を父とかわしたことがある。話題は、父の好きな英国について、であった。当時、英国は労働党内閣であった。

父「やっぱり、社会主義の方がいいのかな?」

私「そう思います」

父「日本じゃどうだろう?」

私「だっていまのままじゃ、あなたが僕たちにさずけて下さったと同程度の教育でさえ、僕は僕の子供にさずけることは、到底出来ませんよ」

父「それもそうだな、おれも君たちに対しては、ヤットカットだったな」

父と私は、そこで短く笑いあった。

天皇の地方巡遊について、父があるときひょいと洩らした。

父「いくさに負けたくせに、シャアシャアとしているな」

と。

私「だから早く廃止した方がおたがいのためです。その方が人間的道徳的というものです」

すると、出し抜けに父は大声を発して呶鳴った。

「それは、ならん！」

後は二人とも深くおし黙ってしまった。が、それほど気まずくもなかった。そしてこの頃から父の肝臓にグリグリが出来はじめた。

そんな事があった。

父は、昭和二十八年十一月十二日、身まかった。臨終の床に、兄弟三人が集ったとき、もはやまわりにくくなっている口で、どこそこの戸棚にウィスキーがある。あそこの押入れにはジンがある、と教え、それをここでみなで飲め、といった。父の意志に従い、子供三人は枕頭にあって酔わぬ酒をガブガブ飲みつづけた。突然、父がボーエンキョウをもって来い、といった。

望遠鏡で何をのぞこうというのだろう？

遠い日の物見台の、あの望遠鏡でも想い出したか？　それとも、極楽を遠望しようというのか？

または、子供たちの酔っ払いぶりを眼鏡で見ようというのか？　あやしみながら、私はふらふらと立ち上がり、フランスはパリ製の古い望遠鏡をもち出した。手にふれると、父は、

「ばかやろう！　ボーエンキョウじゃないわい、ブエーンジョだ、ベンジョだ」

という。

父は便器のことを便所と云い云いしていた。

便所をすまし、それで、父は逝った。

北国の小さな港町に生きた人の、明治大正昭和である。

魯迅の墓その他

一九四三年、夏のある日、召集を解除されて僕は富山陸軍病院の門を出た。それはもう十三年も前のことだ。まったく昨日のことのようにしか思えないのだが。

門を出て、背広服を着た自分を、僕は何か犯罪者のように感じた。部隊のなかで、病気をした僕だけが、召集解除になったのだ。犯罪者のように、あるいは逃亡者のように自分を感じながら、僕は門をふりかえった。それから一目散に駆け出した。走りながら、中国へ行きたい！　と思っていた。

召集の来るしばらく前に、僕は改造社版の大魯迅全集を買い、一二冊だけを読んでいた。どうして仏文出の僕がこうした全集などを買い込んだか。それは、岩波文庫版の魯迅選集に出ていた写真の顔、これがどういうものか頭に灼きついて、どうにもはなれがたい印象を与えたからであった。

岩波文庫版に出ていた小説のたぐいには、僕はほとんど感心しなかった。無器用でまずいと思った。小説を書くことなどよりも、何だか知らぬが、しなければならぬことが山のようにある人であって、小説は、その山のようにも沢山にある、しなければならぬことの、ほんの一部分にすぎなくならざるをえなかった人、そういう運命をもたされた人のようである、と思った。

召集解除になり、家へ戻って、改造社版大魯迅全集を抱え込んだ。そしてはじめの、小説の巻を読みかえした。が、いまいった印象は変らなかった。

がしかし、岩波文庫版魯迅選集にはたしか入っていなかった（と思う）『村芝居』という小説が私を摶った。

どういう工合に摶ったか。それが、魯迅のあの写真の顔、特にその眼とのかかわりあいでもって摶った。

そのときの（十三年前の）読書ノートに、次のような工合に僕が書いていた。

……魯迅の、あの、何よりも先ず第一に、何とも云い様のない深い憂いを湛えた、うるんだ眼の裏には、「村芝居」「故郷」のような風景が灼きついているのだ。そして幼年時代の回想が、かくまで美しく描かれるためには、「阿Q正伝」「吶喊」「狂人日記」などのような辛くいたましく、無気味な現実がなければならなかった。これは、この二つの系列は表裏一体のものだ。この二つが、魯迅の眼だ。云々……（『村芝居』は、いま刊行中の岩波版選集では『宮芝居』と訳されている。）

十三年前の、幼いノートがこう書いている。常に悲しみつつ怒り、怒りつつ悲しみ、呆れながら声をあげ、声をあげながら呆れ、しかも人の心に底のないことを知り、かつ死ぬまで戦いつづけた、あれはまったくえも云われぬ顔である。鼻のわきから口の両端にかけてのくぼみなどを見ていると、寒気がして来る。あんなに悲惨で、しかも高貴な顔をした人間は、一世紀のうちでも、そうそう沢山いるものではない。せいぜい、一人か二人であるだろう。

僕は改造社版全集を、次から次へと読んで行った。この全集――とは云うものの正体は選集なのだが――の、訳者のなかには鹿地亘という古い名前が散見していた。当時、この人は重慶にいた。そのことがまた僕に一筋ならぬことを考えさせた。

読みおえて、何がのこったか。矢張り、魯迅の顔があった。はじめから、しまいまで、顔である。一葉の写真の顔である。その写真は、いまの岩波版「選集」では第一巻の巻頭にある。

その顔と、もうひとつ。「絶望の虚妄なることは、まさに希望と相同じい」ということばであった。これは、散文詩『希望』のなかにあることばである。これが、爾後の戦争中、僕を支えた。いまあげた訳は、竹内好訳のそれであるが、改造社版のは、訳者が誰であったか記憶になくまたいまは手許にもないのでわからないが、どこかひとつ、ことばがちがっていたと思う。が、それはどうでもいい。このことばが、僕を支えたことにはまちがいない。

これほどのことばを、たとえペトフィなるハンガリーの詩人から魯迅が見つけ出して来たにもせよ、それをまともに云い得るとは、魯迅はぜんたいどのくらいな、深い絶望をもっていたものであろう、と、その頃の絶望好きだった僕は、底から揺り動かされた。

魯迅の、真黒いみたいな絶望と、その底から、火をつければ白熱もするであろう「復讐」の、青い焔のような念々、これにも激烈なものをうけとらされた。「血と鉄、焔と毒、回復と復讐」というような、強いことばが、ナマではなくて、過不足のないものとして、しかもなお激情にふるえて踊っていることに、驚いた。このような文学者は、ほかに、西洋にもいない、と考えた。

あのように一生涯怒り尽した文学者は、世界の文学史にも二人とはないであろう。

当時僕は、北村透谷と魯迅という文章を書きかけてやめ、葛西善蔵と魯迅という文章を書きかけて、また中止した。それでも懲りずに、石川啄木と魯迅、また中野重治と魯迅というのを考え、これは考えただけで、結局なにも書かなかった。いまこれを書いていて、ふと思い出したのだが、中村光夫氏に『二葉亭と魯迅』という文章がある筈である。たしか、あれは二・二六事件のあった年の『文藝』で見た筈だから、昭和十一年だ。その中村氏の文章も、魯迅の顔のことから話をはじめてあったと思う。

魯迅は、じつに深い、底のないところで、つねに怒り、つねに苛々していた人である。それだけに情愛もまた深い人であったにちがいはないのである。なにしろ、あのうるんだ眼で見詰められて、逃げ出したくならないような人は――そんな人とはつきあいたくないものだ。

魯迅の眼は、じつにちっとも脅えてなんかいないのだ。

この全集を読みおえてから、半年ほど後に、たしか一九四四年に入ってからだ、ちょうどその頃日本評論社から出た、竹内好氏の『魯迅』という本を読んだ。また小田嶽夫氏の、筑摩書房から出た『魯迅伝』という本も読んだ。小田氏のそれは、素直な、わかりやすいものであった。上海へ渡ってから、本屋でこの本の華訳を沢山に見た。中国の友人に聞くと、その頃は、魯迅の伝記は、小田氏のものしかないということであった。その友人は、そう云ってから「戦争ばかりで、魯迅先生の完全な伝記一冊さえ中国でつくることが出来なかったのです。恥しいことです、小田さんのものを訳して間にあわせているなんて」と云った。それを聞いて、僕の方が、もっと恥しかった。

竹内氏のそれは、西田哲学の自己矛盾のナントカ自己同一といったような、奇妙なことばの出て来る、熱っぽいような妙なものであった。当時の僕には、よくわからなかった。この竹内氏の著書は、日本評論社の東洋ナントカ叢書というもののなかの一冊であって、別に武田泰淳氏の『司馬遷』というのもあったが、これは、いまでは『史記の世界』ということになって、名著ということになっているようであるが、これにはエドガー・アラン・ポオの『ユーレカ』がひきあいに出されたりして、僕はびっくり仰天した。『ユーレカ』宇宙が司馬遷世界に適用されるのを見て、その奇妙さにおどろかされた。それではじめて、文学の上で、漢文の先生ではない、日本の中国文学者というものとつきあいが出来て、僕は日本の中国文学者というものが、方法的に、なんと苦しい作業をしなければならないものか、ということを痛切に感じた。西洋文学者が、西洋の文学を論ずるのに、西洋のものをひきあいに出して使ったところで誰もおどろきはしない。あたりまえだぐらいにしか思いはしない。また日本の批評家が、日本の文学を論ずるのに、西洋の文学や哲学をひきあいに出しても、そうそうおどろきはしない。いちいちおどろいていては、キリがなくなる。ところが、魯迅に西田哲学、司馬遷にユーレカでは、何も水と油だなどと云っているのではまったくないのだが、矢張りおどろくのである。この辺に、中国文学の論談が、日本文学として立派に成立するための、異様な、まったく異様な苦しみがあるのであろうと察しられる。それは、拡大誇張して云えば、東方全体の精神世界の苦しみと相通ずる。

さて話は異様なところへそれていった。

一九四五年の六月、僕は、武田泰淳といっしょであったか、それともいま福岡県立図書館の館長である菊池租氏といっしょであったか、それとも三人で、であったか、ぶざまなことにこれも忘れてしまったが、上海郊外の村へ米の買い出しに、自転車で出掛けた。上海でも、日本人街にではなくて、旧仏租界、中国の人々の只中にぽつんと孤立して住んでいた連中には、米の配給が甚しく不定期、あるいはほとんどなかったから買い出しに行ったのだが、その帰りに万国公墓という墓地へ寄った。

そこで、魯迅の墓を見た。それは小さな、なんということもない墓であった。草に埋れていた。花もなんにも捧げてなかった。たしか日曜日で、墓地の番人がいなくて、入口には鍵がかかっていたので、僕等は金網の屏の破れ目から、身を曲げて押し入った。入場料がいくらか要る筈だった。

魯迅の墓のそばに、宋子文や宋美齢やらの、例の宋一家の、じつにばかでかい墓があった。魯迅の墓は、まことにつつましやかなものであった。十字架こそないけれど、横浜あたりの外人墓地によくあるような、土葬したその上に、白い細長い石を置き、その頭の方に、ついたてのような工合に、白い石が立っている。それだけのものだった。石のまわりには、草がぼうぼうに生えていた。

がしかし、そこで僕はぎょっとさせられた。魯迅の眼が、あの眼だけが、矢張り心の底にまで泌み入るような、あの視線でもって僕の心の底を見ていた。

いま、眼だけが——と書いたが、そのついたてのような風に立った白い石には、例の写真を、白タイルに焼きつけたのがはめ込んであったのだ。そしてその写真のタイルは、鼻半分ほどのところから下が欠け落ちていて、あの底光りのする、そして微熱があるような黒い眼と、濃い眉毛と、四角い額との、それだけしかなかった。鼻も髭も下唇も顎も、なんにもなかった。

優しくて、冷酷で、それから正反対の形容をいくつでも並べることとの出来るあの眼が、何か物凄いことを語りかけていた。何かはっきりとはとらえがたい、あるいは僕の方ではっきりさせたくなかったかもしれぬ物凄いものを感じて、礼拝をすることを忘れてしまった。

聞けば写真入りの墓石が珍しいので、附近の悪童が乱入して来て、この写真めがけて石をぶっつけて遊ぶ、そのために、下半分が欠落したのだという。戦後、広島へ行って故原民喜さんの碑が、矢張り投石の目標になっていたのを見たとき、僕は魯迅の墓を思い出し、原さんは、もっと生きていて、石を投げることについてだけではなく、もっと沢山のことについて怒ることにもう少し専念してくれたらよかったのに、と思った。魯迅の、この墓の写真タイルの欠片は、当時南京にいた草野心平氏が大切に保管しているという話を聞いたものだったが（正確にそうであったかどうか、僕は知らないのだが）、どうなったか。草野氏は戦後、黄瀛氏にでもわたしたか。

戦後になってから、この墓は、一九四六年に、補修された。郭沫若氏などの提唱で、立派になおされた。その完工の式があった。そして丁度その頃、ラフィト路戯院だったかで、魯迅祭のようなものがあった。たしか内山完造氏も出て、何か演説をしたようだった。僕もその会に参加したいと思った。すると中国の友人が、国民党の特務の眼が光っていますから、あなたが特に魯迅と関係のある人でないのなら、行かない方がいい、一騒ぎ起きるにきまっていますから、と忠告した。僕は外国人だったから、そこへ行くことを遠慮した。

いつかもういちどあの墓を、そしてあの眼を、見に行きたい。魯迅のあの眼は、日本だけ中国だけでなく、東方の文化文学全体に、かかわる。

インドは心臓である——アジャンタ壁画集によせて

一

インドは心臓である。と、表題のようなことを言ったら、たいていの人は、どうやらあいつもインドくんだりへ行かされたおかげで、とうとうおかしくなってしまったらしい、ということになるであろう。私もそれを認める。けれども、認めっ放しでは、現代日本人としての分が立たなくなるかもしれないから、思うところを少し開陳しておきたい。

なぜ心臓であるか。それは第一に、その地理的な恰好を、地図でじっと眺めていると、あの三角のようなかたちが、眼に見えて、次第にドックンドックンと鼓動をうち出して来て、歴史において東南アジア、中国、日本などの東アジアと、アフガニスタン、イラン、アラブ世界、ひいてはアジアの半島であるヨーロッパ、それから中央アジアの大草原からロシア世界へと、各々の世界へずっと伸びて行っていた大動脈、大静脈が、それこそ文字通りに脈々と脈をうちはじめる。文化、文明の歴史、つまりは人類が動物から一歩出て、自己の存在証明をはかろうと試み出したその当初からして、インドは心臓であった……。

それにしては、なんとも荒涼としていてキタナイ心臓であることよ、と言う人もあろうが、そういう人は、真理というもの、あるいは真の芸術、真の美、真の信仰というものが、ことほどさように、美しかったり、キレイだったり、情のこもったりしたものではないということを、要するに知らないのである。美というものは、ちらりとひと目ながめただけで、あらキレイね、などというものである筈がない。それはむしろ荒涼として物凄い面構えのものであるだろう。真の恋愛が、あなたアーラマア、などという甘いこととそれほどかかわりがなくて、人をぎくりとさせ、往々にして死というどす黒い実在を内在させていることと、ほぼ同一である。

なんのために、こんなことを言い出したか。それは、インドの古典芸術、特にアジァンタやエローラなどの石窟《グロット》の美術の面構えを、どうしたら、われわれ神経だけがチカチカした、狭くて薄くてセンチメンタルで、時間感覚の貧しい現代人が、それをグロテスクとの一言でもって片をつけないで、正当にそれを享受出来るか、と、そういうことにばかげた親切心をもち出して、私なりに考えあぐねた末のことなのである。

いま、私は時間感覚が貧しい、ということを現代人の属性の一つとしたが、一時間二時間、一日二日というほどのことなら、われわれは時計みたいなものだが、永遠感覚となったら、ほとんどゼロだ、と言いたいが故のことであり、またグロテスクということばを、ここでは一応貶辞としてつかったが、グロテスクとはもともと〝石窟の〟ということであって、日本語のグロとはなんの関係もないということも、つけ加えておかねばならない。

二

人間の心臓は永遠ではないが、しかし、人間は、人間的時間の基としては、心臓の鼓動をもといとするよりほかはない。すなわち、ここに人間的時間と、時空、宇宙の永遠たる時間との対話を可能にするものとしての、心臓が生誕することになる。と、こんなことを言い出すと、またまたいよいよキチガイらしいということになるのであるが、私ひとりがキチガイでも一向にかまわないとして、インド古典芸術が内在させている対話を考えてくれる筈の人には、このことは一言だけでも申し入れておかねばならぬから言っておくのである。もし、そういう人間の、人間なりの喜びや悲しみと、時空、宇宙の永遠とのかかわりを考えないとしたら、インド古典芸術などというものは、ただのモノにすぎない。壁画は、要するに広大無辺なデッカン高原の穴倉にぬたくってあるフロ屋のペンキ絵式のものとしか思われないだろうし、石彫は理解しがたい顔つきから、それこそグロのグログロみたいな面つきの、ばかでかい石ころにすぎない。

しかし、惜しいではないか。そこに、永遠などという、神経をチカチカさせてだけいては、逆立ちしても一生かかってもつかめぬような大それた代物について、たしかに考えさせてくれる筈のものがあるならば、それがあることだけはたしかなのだから、深呼吸の二つや三つくらいはしてから、そして一生に一度でも、インド古典芸術の、せめて画集をでもとり出してみて、ときには永遠を考えてみても、実になんの損もない筈であろう。向う様は、絵の方は、人間の方が近よって来て自らが蔵しているものをとり出してくれることを待っているのである。これらのホトケサマたちの、微妙な、一見とりつく島もないかに見える表情は、それを証している。すなわち、人間の方からそれを取り出さないならば、彼らは人間の方に、むしろ襲いかかって、人間が本来蔵している筈の、その取り出す能力を奪いとってしまうであろう。あれらの絵や彫刻を見て、とりつく島もないような面つきだなあ、などと思う人は、その能力を、いまのいま、奪われつつあるのである、と思った方がいい。そうすれば、少しは癪にさわるであろう。それが彼らとの対話のはじまりである。

三

キチガイついでに、もうひとつ。インドは、世界である。インドはインドであって、世界ではなかろう。が、日本島の規模で言えば、民族、言語、宗教、風俗、習慣の多岐多様なことは、それは世界である、と言った方が通じがよい。そこが日本島とは劃然とちがう。

そして、芸術は、そういう異った民族、言語、宗教、風俗、習慣を、一撃で貫通して人間という抽象にしてしかも具体――そのあらわれたかたちが真に具体的であるからこそその核心に抽象を蔵し、その核心が真に抽象であればこそあらわれたかたちが具体でありうるという――そういう人間を確立し得るのである。

人は、これらの壁画が、ひどくドラマチックであることに注目するにちがいない。この世界においては、もとドラマとは、異民族との接触によって発生したものであるらしい。インドの古い芝居、中国の古典劇、またギリシャ劇などは、そのことを証している。アジァンタ壁画のこれらホトケサマをめぐる人々には、いろいろな民族の代表がそれぞれに描きわけられている筈であるが、私はキチガイであるかもしれないが学者ではないので、それを言うことが出来ないので残念である。彼らもまたシャカムニ殿のように、真に苦しみ抜いて、しかも喜びにみちて、この綜合、この一撃貫通を成立させたのである。

それから、インド世界の苛烈厳酷な自然が、信仰と思想を生む次第については、別に書いたのでここにはくりかえさないが、おしまいに言っておかねばならないことは、われわれアジアの東の端っこにこびりつきかじりついている日本民族の、われわれの祖先が、内的な必要に迫られ、内的な深い衝動に駆られて、この世界へ、人間が人間として実在することを自ら証明するための、そのものをとりに（中国経由ではあったが）積極的にここへ出掛けて行ったのだ、ということだ。すなわち、かつてわれわれの祖先が人間として成立したのは、この世界とともに、であった、ということ、このことくらいはときに思い出すべきであろう、一生にいっぺんくらいは。

これらの絵を見て感ずるわれわれの一種の息苦しさは、現代人であるわれわれが自らの存在を証明するために、この古代的秩序を捨ててかとび越してか、とにかくインド・ユーロピアンというように、かつて同じく、ここから西アジアにかけての世界との接触によって成立した筈の近代西欧へ、そのものをとりに行った、ということとかかわりがあるのである。われわれに、いまなおありありと内在するアジア的、古代的秩序における同質性と、現代的秩序における甚だしい異質性、この二つのものを描きわけ、描き上げることが出来るならば、いまそれを為し遂げることこそが二十世紀後半、あるいは二十一世紀の大芸術家の、人間としての自己証明である、ということになるのだが、そういうことを言い出すと、ますますキチガイめいて来るというのが、われわれの現状というものであろう。

良平と重治——『梨の花』中野重治

一

あるとき十返肇の問いに答えて私が言った、中野さんかあ、ありゃほんとに北陸の百姓だな、北陸の百姓の「さべり」（喋り）が、まるでまるっきりそのまんまに出ていて、理屈っぽいところなんぞは、ひょっとして隅々まで熟読しているレーニンなんぞのなにかが出ているのかもしれんが、ありゃほんとに北陸の百姓のさべりだな、と。すると十返肇は、いくらかはこれはしたり、というような面持ちをつくって、君が、君がそんなふうなことを言うのかね、というに近いことを言った、という所以のものは、私が作家の出身とか田舎とかというものを強くは見ないという趣旨を建前にしている、というふうに十返氏が解していたせいであったかもしれない。あるいは、そうではなかったかもしれないが、とにかく、中野重治の、この『梨の花』だけではなくて、『むらぎも』——これの中国訳の題名は『五臓六腑』というのであり、この訳名もしたたかに面白いが——にしても、私が読んでいて、私はほとんど肉体的に、そうしてまず第一に、北陸の百姓のさべりを感じてしまうのである。友人が、『むらぎも』や『梨の花』にしばしば見られる回想、連想の運び方、あるいはその継ぎ目が、プルーストに似ていると言ったことがあったが、このプルーストと百姓のさべりのぶつかり具合が私にはまことに面白かった。北陸風に、いや『梨の花』のことばでそれを言えば、「おもっしょ」かった。

　しかし、ここで私がつかっている北陸ということばは、実はあまり正確なものでも、それほど統一的な実質のつまったものでもない。普通に北陸、あるいは北国という場合には、京都に近いところからかぞえて行って、福井、石川、富山、新潟、つまり越前、加賀、越中、越後のこの四つの地方を言うのであろうが、当然のことながら、この四つはそれぞれにちがっていて、私自身の感じだけで言うことを許してもらえば、越中のまんなかに呉羽山という山があり、それの西と東とを呉東、呉西とわけているが、越前からこの呉西までは、どうやら一つのユニットをなしていないことはない、より大ざっぱに言うならば、歴史的には京都文化圏のなかにそれが明らかに入っている、という気持がしている。ということは、呉東から越後にかけては、それはちょっと違う、という気持が、その裏にあるということなのである。中野重治は、福井県坂井郡の生れである。一九〇二年（明治三十五年）である。ついでに言っておけば、私は富山県射水郡の出であり、中野氏は私より十六歳年長であり、彼は自作農であり、私は没落した回漕問屋の伜であった。彼は福井中学から金沢の四高をへて東京へ出た。私は金沢の中学をへて東京へ出た。『梨の花』で言えば、幼年時代は「林の和子《わこ》さん」みたいなものであったろう。

　たいていの人、いやほとんどの人は、長年にわたって中野氏の作品を愛読して来た人を除いては、いやそういう人でも、とにかく読みにくい、読みづらい、読むのにとても時間がかかる、と言う。私にもそれが想像出来る。しかし、それは想像出来るだけであって、実は、私にとっては、ちっとも読みづらくもなんともないのである。たとえばこの『梨の花』にしても、はじめの二三行を読むというと、東京で私がえたらしい化けの皮がするりとむけてしまって、要するに私は、ただただ耽読してしまうのである。

徳利をもって小学一年生の良平が酒屋の高瀬屋から帰って来る。「帰ったざア……」と言う。そうすると、私も「帰ったざア……」と、ざアという語尾の具合を頭のなかで発音してみる。すると私も化けの皮をぬいで「帰ったざア」と言って田舎へ帰った気になる。「めえろのこ」（女郎の子）というのが出て来れば、そうだ、あいつはめえろのこだった、と思う。親戚あるいは分家は、「いっけ」（一家）であり、仏壇の下にある、「円い丼鉢のような金属」を「革をきせた木の棒」で打つと「があん、もん、もん、もお……とこもって鳴る。」ものは、「がんもんも」というものであり、「ざんまい」あるいは「さんまい」は、火葬場あるいは墓場であり――「ゆうれん」は、幽霊であり、「ざんぱっちゃ」は、散髪屋であった。方言、あるいはことばのなまりが、私の生れ育ったところとは、加賀という大県を一つあいだにおいているにもかかわらず、ひどく似ている、ほとんどおなしであることに、むしろおどろきながら私は読んで行く。

ついでに言えば、かつて私はところを九州においた、九州ことばの出て来る作を一つ書いたことがあった。それを読んで中野氏が私に訊ねた。堀田君はどこの生れかね、あの九州弁はまるでおれの田舎みたいだな、と。私はまったく汗が出てしまった。

幼年時代に、こどもの私と相手のこどもがなにかをしてあそんでいる。いくつかあそびをちがえて、次々とそれをやる。そろそろそのタネがつきてしまった。退屈になってくる。そうすると、二人はなんとなく軒端に材木などが少々つんであるところに坐り込み、膝をかかえる。私か、相手のこどもかが、そこで必ず、

「さべろか……」

と言う。この「さべろか……」には、これからなにやら秘密で、未知の、いかようにも発展して行くかわからぬところ、あるいはものにのり出して行くといった、知能犯的な気味があって、「さべろか……」という合図でもってこども二人の背筋が、ぞくぞくっとするのである。

そこで二人の「さべり」がはじまる。『梨の花』のように、話題はいくらでもある、三十分でも四十分でも、こども同士が、ぼそぼそと、日の暮れるまで、「さべって」いる。この「さべり」、お喋り、議論、理屈、会話、対話のあいだに、少し事を大ゲサに言えば、こどもは訓練されて行く。町や村の情報に通じ、それをこどもなりに判断し、評価して行く。空想し、論理化する。しかも、当然のことに、この「さべり」は、とりとめがない。きっかけ次第で、はなしはどこへでも飛んで行く。がしかし、必ずまたもとへ戻る……。

中野重治の連想方式、回想方式――私の友人がプルーストのどこかを思わせる、と冗談めかして言ったもの――は、私には、この、こどもの「さべり」以外のものとは到底思えない。それ以上のものでも以下のものでも以外のものでもないとしか思えない。これは価値判断ではない。それがそうとしか私には思えぬと言っているだけであって、それが私には心からたのしい。皇太子が来る、伊藤博

文が殺された、日韓合併になった、しかしそれら日本の、いわば上部での出来事は、どうしても良平の「さべり」の世界の中心部にまでは乗り込むことが出来ない。その力が向う様の方にない。皇太子にも、伊藤博文にも、日韓合併にも、良平の「さべり」のなかへまで乗り込む力がない、その力に欠けているのである。良平が成長して、『鑿《のみ》』、『手』、『歌のわかれ』、『街あるき』、『むらぎも』の世界に乗り込み、あるいはねじり込まれても、そうして向う様の方から警察や刑務所までがくり出されて来ても、結局、それらのものは、良平の世界からは、われわれのことばで言えば、さらい出されて、しまうのである。その証拠物件の一つが『梨の花』であるであろうし、このとき、「さべろか……」という合図によって入って行った「さべり」の世界は、良平の育った福井の在であると同時に、倫理であり、道徳であり、美であり、従ってここから逆に、成長した良平は、皇太子に、伊藤博文に、日韓合併に、警察、刑務所、わけてもそれら一切の根拠としての天皇制にむかって美的に、倫理的に、道徳的に戦って行かなければならなくなる。私は革命家、日本共産党中央委員としての中野重治と、芸術家としての中野重治の、その構造をこんな具合に解している。彼の戦いは本質的に防衛戦である。何を防衛するか。美を、倫理を、道徳を。従って、堀辰雄の『幼年時代』とくらべてみればわかるのであるが、そこに幼時の現実愛惜というものがあるにはあるにしても、それが過去形で、ではなくて、文体もなにも、すべて現在形で書かれてあることの理由もあると思われる。この現在形による現在が、彼の恐らくは一生を通じての、内面の現在なのである。

従って、と言えば妙なことになるかもしれないが、見た眼には、良平は基本のところで成長などしやしない。極言すれば、尋常一年生の良平にとっても、中学一年生の彼にとっても、五十六歳の重治にとっても、「よくわからぬ」ことばかりが起ることになる。一九三二年、重治が二十九歳のときに書かれた『善作の頭』、それから同年に『コドモノクニ』に発表された『きしゃ』と『梨の花』とを読みくらべてみると、そのことが少しわかる。この『きしゃ』という『コドモノクニ』のためのもののしまいの方は、こんなになっている。「さんきちが、はじめて、きしゃにのったときのこと、そのはやいこと、はやいこと、」さんきちはかんしんしてしまった。ところが「あるひ、やまにのぼりました。」きしゃが来た。

あのはやいきしゃが、ほんとうにのろのろとはっているのです。さんきちはいろいろとかんがえてみましたが、どうしてきしゃが、そんなにのろのろとはしるのかわかりませんでした。

これを発表して二カ月後、逮捕されて中野重治は二年余、『梨の花』のことばによれば「カンゴクショ」に入らねばならぬ。「さべり」の世界と「カンゴクショ」とがくっついている、あるいはくっついて行った。これからもくっついていることにならぬともかぎらぬ、先のことはわからぬ。良平は成長も発展もしはしないが、しかし、彼の身に何が起るかは、まったくわかっていない。リトマス試験紙のような具合である。

不思議な人である。一九二六年、彼が二十三歳の時に書いた、評論としてはほとんど処女作である『啄木に関する断片』は、それだけで既に彼の一代表作であり、完全なものであり、石川啄木に関してものを言う人には、なんとしても必要不可欠なものである。

二

『梨の花』が出版されるときに、スイセン文を私は依頼された。それが長過ぎたと見えて、使用されたものは後半だけで、アタマの方に次のように書いた部分はちょん切られていた。

すなわち、――まだ町にも村にもラジオなどというものがなかった頃、映画もテレヴィジョンもなくて、どこからも、また誰も、へんな外国語の唄などをうたわなかった頃――云々と書いた。「良平の村へはまだ電気が来ていない。」新聞をとっていない。そういう意味では、この作品は明治末期の農村歳時記のようでもある。彼の経験は、ほとんどすべて直接経験である。良平が「わからぬ」とするもののほとんどは、いわば間接経験に関してである。「うらは、箕師や、桶の輪入れ屋や、石臼の目きり屋さんやなんかが好きじゃな……」と縄綯いをしながら良平は考える。良平は中学に入って、福井へ行く。

……何にしろいろいろと商売店やら役人やらの子供に囲まれているのが良平にはいくらか苦しかった。息がつまるというのとはちがう。ただ、村の小学校ではみんなわかっていたことだった。どこの父親も役所なぞへは行かない。大小はあってもみな百姓をしている。役所や警察ならまだわかるが、「無職」というのさえあるらしいことはどう考えても納得が行かなかった。だから帰りたい。だからと理屈をつけるのではない。ただ、ごく簡単に土曜には帰りたくなる。人間がみな、馬、牛、犬さえも百姓だけである村。田圃も、畑も、あぜ道も、用水も、橋も、何もかも百姓のもので百姓仕事に使われている村。そこへ帰りたかった。

良平は帰った。五十五、六歳にして重治は「そこへ」帰った。そこにいろいろなことは、ある。しかし良平は仕合せである。重治も、少し強く言えば、ここで手放しに仕合せである。そんながでいいがけ？　と問いたくなるほどに。これまでのいろいろな仕事のなかで、彼はこれを書くことでいちばん仕合せであったろう。彼は思いのたけを存分に書いてやった。小学校の時間割の板が漆塗りの板であったが、そいつについて「ほんものの漆かどうかわからなかったが」と、五十年来の疑いのことまで、やりすぎるほどにも、書いてやった。

「めえろのこ」について、「火イたかず」について、「異安心」について、「国会だんなん」について、綿くりについて、馬の鼻について、「何であれ、町のものの方が村のものより上等だということが気にくわんが、仕方はない」ことについて、深靴（わらぐつ）について、「大人は勝手なことをしることについて、「どうきはからだ中で打つが、聞えるのは耳にだけ聞える」ことについて、「何か、大人たちは、目的を横手において、理屈ではこっちのことをいう。そして無理をいう方が、大声でたのしそうにやる。」ことについて、「みのむし騒動」について、にしんの車について、ランプについて、「男は、子供でももっと上等のものだ……」ということについて、メッチャク（あばた）について、時計はセコンドと言い、ゴムはイラチカというものであったことについて、にかご（ぬかご）めしにかぶらめしに大根めしにぶつめしにいもめしについて、御園おしろいとクレームについて、祭文語りについて、赤玉の薬とおんじゃく（温石）で腹をあたためることについて、かき餅のやき方について、日高秩父の書き方の手本について、稲刈りについて、ずき（ずいき）のすこについて、幸徳伝次郎について、独楽まわしについて、巌谷小波に「小波おじさん……」という呼び方で手紙を書く呆れた子供について、縄綯いについて、おやきを茗荷の葉ではさんでやいた方がうまいということについて、蚊いぶしについて、蚊帳の環《かん》について、天皇陛下が死ぬことも、それは「重大ではあるが、別に変ったことではないとして扱えばいい」ということについて、六部が不気味であることについて、ミルクキャラメルについて、鶴亀算について、汽車について、梨の花の絵と灰小舎の前の梨の木に咲いた花について、貸座敷や、オッペやについて、英語について、蔵について、女学生の着る石田縞について、ゲコ（芸子）さんが、「どうしても美しい。」ことについて……。

それぞれについて、十六は若い私でさえが、それぞれのものとの対話、「さべり」へさそい込まれる。よくもよくもおぼえていたものである。この作品は、大体ぜんぶ記憶によって書かれたものであろうが、まったくおそれ入った記憶力である。歳時記、と言いたくなる所以である。

なかには、中野重治その人とのかかわりで思い出ることもある。「しかしおみ堂の屋根へはそのうち上ってやろう」――そのおみ堂の屋根は、「中頃すぎて少し急になる。それから段々になって行ってますます急になり、一ばん上へ行くとほとんど垂直になる。」そこへ中学一年生が上ってやろうというのである。それは『歌のわかれ』のおしまいの「彼は凶暴なものに立ちむかって行きたいと思いはじめていた。」ところを思い出させ、また、『鑿《のみ》』を思い出させ、更には二年前に一緒に中国を旅したとき、長江大橋の、河の手前ででではあったが、眼の下三十メートルはたしかにあった橋のランカンへ、ひょいととび上って私をぞっとさせた中野重治を思い出させる。

私は、しかし、良平と、年へた中野重治とをごっちゃにして書いて来た。この期におよんで、そのことのどこがわるいか。

三

中野重治に関して、私は、このごろでは要するに早いもの勝ちということかな、と思ったことが一つあった。というのは、彼の全集が出るについて、その広告に、中野は日本の魯迅みたいな人だ、と書いた文士がいた。私もそういう気が、早くから、していた。が、それは、彼が死んだら言うことにしよう、生きているあいだにそんなことを言うのは礼を欠くであろう、――『「ブジョクしてるがい……」「ブジョク」の分だけは取りかえしておかないと……』――ということになるだろう、と考えていた。ところが、苦しまぎれかなにかは知らないが、重治がまだ生きているのに、ぬけぬけとそんなことを言う奴が出て来た。

『梨の花』の再読をおえてから、私は魯迅の故郷や幼年時代のことをあつかった『宮芝居』と『故郷』との二つの作品を竹内好の訳で読みかえしてみた。もとより両者は環境がちがう。中野重治は自作農出身であり、魯迅は相当な地主、清朝遺臣の出である。『故郷』は、「別れて二十年あまりになる故郷へ」帰り、そこで古家を人手に明渡し家財を売り払い、母をひきとって異郷へ、「苦しみに打ちひしがれる生活へもろともに陥」りに出て行く話である。なつかしい幼な友達は彼に、ハッキリとこう挨拶した。
「旦那さま」
私は身ぶるいしたような気がした。私たちの間に、すでに悲しむべき厚い壁が築かれたことをさとった。私は、口にする言葉を失った。

幼な友達も、豆腐屋のおばさんも、貧苦に喘ぎ苦しみ「どっちへ行っても金は取られ放題」、「子沢山、不作つづき、苛酷な税金、兵と匪と官と紳とが、よってたかって彼を苦しめ、彼をデクノボーみたいな男にしてしまった。」二人とも、売り払われる家財にのみ眼をうばわれ、豆腐屋のおばさんは品物をつかんで、纏足の足で、おどろくほどに早く逃げて行く。彼は、そういう故郷をはなれる船底に、「横になって、船底にさらさらという水音をききながら、いま私は私の道を歩いていることをさとった。」こうして、この作のおしまいには、「もともと地上には、道はない。歩く人が多くなれば、それが道になるのだ。」ということばが、つく。

もとより、『梨の花』とははなしのあり具合がまったく異っている。一方はぶっつけの現在形であり、一方は二十年ぶりの悲しい再訪という形をとっているので、実は比較もなにも出来るものではない。そして、先に私が『梨の花』は手放しに仕合せである、と言ったのは、別して魯迅の『故郷』と『宮芝居』の二つを踏まえて言ったわけではないということも、少々強談判めいているとしても承知してもらいたいのであるが、それがならぬというなら仕方はないが、それにしても、という気に私はやはりなるのである。

「もともと故郷はこんな風なのだ」と魯迅は言う。こんな風の風が、おそろしく違う。なぜか。それは『梨の花』が中野重治の、いつにかわらぬ内面の現在であるからであり、魯迅の『故郷』は、故郷であるにすぎなかったからである。と言えば、異様なことになってしまうけれども、それは恐らく『梨の花』に、魯迅の故郷の、豆腐屋のおばさんをして言わしむれば、にがりが利いていない、ということでもあるであろうか。中野重治に、もともと故郷はこんな風なのだ、という風に、にがりがもう少し利いているとすれば、それはどういうことになるか。と言えば、これもまた実に異様なことになる。中野重治ほどにも、世事万端について苦々しさ、苦虫をかみころして生きている人間は少ないかもしれないのであるから。そうとすれば、そのかみころした苦々しさというにがりは、逆に良平の仕合せの方へ利いて行っているのであろうか。それとも、将来、集大成される筈の、彼の自伝的な作品全体のなかで、そのにがりが全体にまわって行くという仕掛けになるのか。

以上で私の論はおわりである。が、つけ加えて言うならば、私は世の子をもつ親たちに、また少なくとも中学校上級生くらいの子供たちにこの本をすすめたい。それは、特に、ことばというものに人間はどのくらいでも敏感であってもいいということ、ものごとのわからなさをわからないとして知ることが、どれくらい役に立つかを教えるであろう。むかしならば、国定教科書にのってしかるべき部分を多大に含んでいる。

ゴヤと怪物

ゴヤという名をもっていた男がのこした仕事に魅入られることになったのは、十五年ほど前のことであったろう、いや、それはもう少し以前のことであって、私の学生時代の教師であった故高橋広江がジョルジュ・グラップの手になる伝記を訳した頃からであったかもしれない。しかし、何故か――、と問われて言えることは、ふとしたことから――というほどのことであろう。それ以上でも以下でもない。理由はぜんぶあとからやって来る。そのぞろぞろと、ワラジ虫のように関係代名詞をいくつもいくつもひきずった理由の群れどもが、それこそゴヤの夜半夢、あるいは白昼夢のようにつらなって、彼の暗い版画や肖像画の背景を通りすぎて行くのが、私には見えている。絵画自体が、またいま仮に私が〝理由〟の群れたちと呼んだものが自ら語り出すのを待っているだけである。

その、ぞろぞろと歩いている〝理由〟の群れ――、驢馬《ろば》の恰好をしていたり、大金持のくせにケチと貪欲の権化であるほかはないような面をした王侯貴族高僧などの肖像になっていたり、あるいはまたペスト患者や気違い病院となっていたり、さらに悲惨と高貴が闘牛の牛の一対の眼に集中していたり、〝戦争の惨禍〟となり、または、この女とならばどんな強姦もきっと和姦になるにちがいないマハたちの肉になったりしている〝理由〟どもの、私を遠まきにしてぞろぞろと歩きまわる、夢魔そのものであって同時に現実の真実であるものどもと、いまはつきあうことを私は避けたい。いや、つきあわないですむものならば、それですませたいという気持ちが私には、ある。出来るならば、その方が無事なのだ。けれども、そうは行かないように出来ているのであるらしい……。

かくて、ふとしたことからはじまって、このスペインの百姓男とのつきあいを、とうとう運命的にしてしまったのは、一九五八年にモスクワのプーシュキン美術館で見た、一枚の小さな絵であった。その〝МОНАХИНЯ НА СМЕРТНОМ ЛОЖЕ〟（瀕死のモナ）とロシア語で題のつけられた三〇号くらいの絵は、私がいままでに調べたどんなゴヤの画集にも伝記にもカタログ類にものっていないものであった。死の床に横たわった中年の女――死の床、といま書いたが、別に床があきらかに描かれているわけではなく、すべてはねばりつくような蠟灰色と黒だけで、その瀕死の女は眼を瞑って現実に死につつあった。死の色というものが、あれほどに近接して描かれた例というものを私は知らなかった。これ以上は書くまい。まず人はこういうふうにしてものに魅入られて行くのであろう。しかし、相手がわるかった。相手はゴヤであり、あの絵が存在をつづける限りは永久に死につづけるモナである。私自身の内部にあっても、モナは私が生きている限りにおいて死につづけている。

この〝瀕死のモナ〟は、プーシュキン美術館においても、あまり優遇はされていない。ほんの片隅に、ひっそりと灰色に、そうしていつまでも死につづけている。今年の二月、もう一度彼女を見に行ったのであったが、やはり同じ場所で、黙して死につづけていた。再会して、私は彼女に愛を感じた。彼女が、かくも近く、しかもかくも遠くにいることに苦痛をさえ感じた。

ゴヤは、それを〝理解〟しようというつもりならば、〝理解〟のための道をいくつか自ら用意していてくれる。理解しにくいなどということはない作家である。ゴヤを渦中にもつ当時のスペインの歴史の状況、政治、社会などを概略心得るだけでも、道のようなものはひらけるであろう。伝記にいたっては、実にこれは、いわばあまりにも面白すぎて小説家でさえ躊躇せざるをえない。フォイヒトヴァンガーは言うに及ばず、ウージェニオ・ドルスやアントニナ・ヴァランタンやヒュー・ストークス、あるいはエリック・ポーターなどの著書は、まことに恰好な読物であろう。また〝黒い絵〟(Pinturas Negras)と呼ばれるものや諸種の版画に接して瞠目する人々のなかで、そこにある狂気を見出した人は、たとえば病理学者であるガストン・ルウァシ博士の分析を読めばいい。スペイン語も勉強して、と熱をあげうる人々は、もっとも正統的な研究であるプラド美術館長の故サンチェス・カントン氏のものを読めばいい。

いや、私はゴヤ案内に適した人間ではない。文献などをあげたのは、やはり、私にはゴヤの変化《へんげ》が怖ろしいからなのだ。

逃亡ついでに、もう少しゴヤを〝理解〟するための道をさがしてみよう。ゴヤはそれを〝理解〟するためならば、いわば逆算の利く作家である。ゴヤのなかに、ピカソを、ドラクロワを、ロートレックを、ドーミエをその他の近代現代の画家を見出すことは、さしてむずかしいことではない。むしろそれはやさしすぎるほどの作業である。たとえばここに、〝砂にうまる犬〟という奇妙な絵がある。その顔だけしか描かれていない犬の顔を、印刷によるものならば指先で、あるいはプラドのあの採光の悪い美術館でならば掌で遮って、その塗り込められた前景と後景とだけをよくよく見込んでみるならば、そこに人はあるいは現代ポーランドのある種の暗鬱な画家などよりももっと怖ろしいものをつかみ出して来なければならなくなる。しかし、それらは所詮〝理解〟というものにいたるための、そのためだけの道というものである。

道がなくなってしまえば、つまりはそれから先は、人が歩いて行くところが道なのだ。歩かなければ、道はないのだ。歩かなくてもいい、戻ってしまってもいい。その辺がゴヤと私とのつきあいの状況というものであろう。

しかし、いよいよその怖ろしい一歩を踏み出さねばならないのであるらしい。私は砂に埋れかかっている、あのカリカチュールめいた犬の顔に無限の親しみを感じる。状況かくの如し、である。

私はゴヤ妖怪を見詰めていて、あるいは一八一五年作になる、六十九歳のときの自画像を見詰めていると、自然にもう一人の男の、これは写真であるが、その写真が近づいて来るのを感じる。それは、読者の方々にとっては、あまりに唐突で、かつはあまりに、地球と土星ほどにも離れすぎているので、此奴阿呆じゃあるまいか、と思われるに違いないのだが、その写真のあるじは、魯迅先生である。魯迅は、中国の文学者であった。ゴヤの自画像についても、魯迅の写真についても、私は多くを語るまい。魯迅の『宮芝居』とか『故郷』とかという、人生の苦《にが》さを抑えた幼年時代の回想が、あのように美しく描かれるためには、『阿Q正伝』『吶喊』『狂人日記』などのような、いたましく無気味な現実がなければならなかった、というほどのことにいまはとどめておこう。この二人の影像を、特にその一人の限りもない怒りと憂いに、ついにうるんでしまった眼と、別の一人の、耳は聞えず、人間のすることの怖ろしさ、愚劣さ、高貴さ、すなわち人間というものは何をするものであるかを縦にも横にも立体にも三六〇度ぐるりと、深さも高さも、そのほとんど一切を見切ってしまった男の、むくんだ顔にくっついた一対の眼を、凝っと見比べて頂きたい。ゴヤがスペインの怪物であるならば、魯迅も中国の怪物なのだ。ということは、人間は何をするものなのか、怪物とは、人間そのもののことなのだ、ということであろう。魯迅から現代中国というものがはじまるという言い方がもし正しいとすれば、あの気障《きざ》なアンドレ・マルロオがゴヤ論の結句とした、「かくて、近代絵画ははじまる」という言い方も正しいかもしれぬ。

白緑色の髪をふりみだし眼に名状しがたい恐怖の原型を刻印としてもつサトゥルヌスは、自らの子を喰らいながら言っているかもしれぬ。

「四千年の食人の歴史をもつおれ。はじめはわからなかったが、いまわかった。真実の人間の得がたさ。

人間を食ったことのない子どもは、まだいるかしらん。

子どもを救え……」（魯迅『狂人日記』）と。

中村君の回想について

戦争中のある日、故宇野浩二と広津和郎の両氏にお目にかかったことがある。宇野氏は、耶蘇教のお坊さんのようなツバ広な黒いソフト帽を目深にかぶり、その黒い帽子の内側から、顴骨のとび出した頬にかけて、まるで二本の太い紐がぶら下るみたいにして長いもみあげが見えていた。そういう宇野氏が、その場所へ入って来られると、

「ああ、広津がいる」

と小声で独語して、ほとんどいとしい人のそばへ、とでもいいたくなるような様子で、小走りに先に来ていた広津氏のところへ近づいた。お二人での、しばらくの話がおわると、宇野氏がひょいと私の方を振り向いて、出し抜けに、

「ところであなた。何年生れ……？」

と訊ねられた。

私はお二人に申し上げなければならぬ用件をもっていたので、その用件を切り出しもなにもせぬうちのことだったから、大いに面くらいはしたが、仕方がない、素直に大正某年生れです、と答えると、

「大正×年ねえ……、何月生れ?」

とふたたび訊ね、×月です、と私が答えた。

「大正×年の×月ねえ……」

と口のなかで言って、今度は広津氏の方に向きなおって、

「広津、大正×年の×月というと……」

と話しかけ、さてそれから私はまったく瞠目させられてしまった。

というのは、宇野、広津のお二人は、私なんぞのことはまったく視野の外、その大正×年×月に江戸で起っていた事件について、おそろしく詳しい話をはじめてしまったのだ。

「それからあのとき、深川のどこかで女殺しがあって……」

「そうそう、そのおかみが……から嫁に来ていた人で、その旦那というのが……(なんとやらかんとやらで)……それから君、芥川がそのおかみのことを知っていて……」

「そうだった、芥川がそれで君……」

もとより、記憶力というもののダメな私が、このお二人の会話の内容を覚えている筈もないが、とにもかくにもその当時としても二十三、四年は以前の、大正中期のある夏の出来事を、掛け合いでもって実に精細に描き出して行かれたのには、私はつくづく驚嘆したものだった。文学者というものは、かくも記憶力のタシカなものなのか、そうでなければ文学の仕事などにたずさわることは出来ないものなのかという、一種の恐怖心をさえ私は覚えたものだった。お二人は、その夏の深川のおかみ殺しを、まるで〝私有〟しているみたいだとも私は思った。犯人がつかまって結着がつくまでの経緯

を、二人は微にいり細をうがち、まるで刑事の調書を諳んじているかのように、しかも舌なめずりするように楽しんで話し合われた。それから、そのおかみ殺しがきっかけになって、話は芥川竜之介回想にうつって行ったが、ほんとうに私は魂消《たまげ》てしまった。魂消ながら、しかし、聴いていて大正時代の江戸の巷というものがいっぺんにわかったという気もしたものだ。

いまになって私は思うのだが、その当時、この宇野、広津の両氏が、その深川のおかみ殺し事件をまるで〝私有〟しているかのようだ、と思った私は、間違っていたわけではなかったのだ。両氏は、まさにその事件を〝私有〟していたのである。

おそらく、私が大正十何年生れである、とか、あるいは明治四十何年生れである、などと答えたとしても、きっとこのお二人は深川のおかみ殺しではなくて、何かの〝私有〟の事件のことを思い出されたことであろうと思う。

けれども、それがもし昭和十何年、というようなことになれば、あるいはそういう〝私有〟性のようなものは、なくなるのではなかろうか、と私は思うのだが、どういうものであろうか。

これは要するに一つの仮説である。私は自分の記憶力にあまり自信がないから、そういう仮説をもち出すというのではなく、そこにどうしても時代の性格の差違といったものが、大正何年の時代と昭和十何年の頃から今日にかけての時代とのあいだに、あるように思われるのだ。

そのとき、深川の某女殺しは、宇野氏にとっても広津氏にとっても、決して深く重いような意味をになったものとして話されていたのではなかった。ただそれが、大正何年の×月、という、いわばクロニクルの一つとして、その事件を、敢えて言えば、楽しみ、つまりその事件を生きて、それで両氏に〝私有〟されていたのであろう。

そこに、いうまでもなく、あの戦時中から見ても、また今日の世の中から見ても、いわばグッド・オールド・デイズといってもいいかもしれない大正という時期についてのなつかしさというものもあったであろうし、またその深川の某女殺しを報じた、当時の巷の評判や新聞その他の報道の仕方及びその性格ということもある。

新聞その他の報道の仕方及びその性格、と書いて来て、ふと私は、この文を書き出す前に見ていた夕刊に、大きな活字で「善枝さん殺しの犯人、自供」という報道がのっていたことを思い出したのだ。いったい大正中期頃の、こういう事件報道の仕方や性格がどんなものだったか、私は調べたこともないので知らないのだが、何か、おそらく調子の異ったものであったであろう、社会自体もまた。

宇野氏と広津氏のお二人は、そのときは私がお二人におねがいをしなければならぬ用件のことなどはそっちのけで、次から次へと際限もなく、私の生れた大正某年の出来事を、芥川竜之介を芯にしてあれからこれへ、これからあれへと移りかわって実に楽しげに話しておられ、私も用事を切り出すことを忘れてしまって、じっとその、お二人に〝私有〟された事件の話に耳を傾けていたものだった。

ある事件を〝私有〟することは、作家にとっては大切なことである。『罪と罰』がある新聞記事をきっかけとして構想されて行ったことは誰でもが知っていることである。また近頃では三島由紀夫は金閣寺焼亡を〝私有〟し、大江健三郎は小松川女学生殺し事件を〝私有〟した。

けれども、今日では、事件の報道は、新聞記事だけではなく、写真、ラジオ、テレヴィジョン、週刊誌などで微にいり細をうがちどころではなく、生の事件の生の経過までが仔細に報道され解説され論評されるようになっているが、それらがこれでもかこれでもか式に詳しくなればなるほど、次第に広津、宇野氏風には〝私有〟を許さなくなって来ていると思う。言いかえれば、報道が精細完璧になればなるほど、その事件のなかに立ち入って、各人が生活をすることが不可能になって来ているのではなかろうか。事件の報道が精細完璧になるに従って、当事者及び関係者以外のものの生活からは、それがしめ出されているということがありはしないだろうか。「吉展ちゃん誘拐事件」や「善枝さん殺し」事件などは、あまりに残忍で、生活どころのさわぎではないことは私とても充分に心得ているつもりであるが、いったい今から二十三、四年もたって、一九六三年の浅い春から夏近くまでにかけての、おのもおのもの生きて来た時代の外延にあった事件として、広津・宇野式にそれを熱烈に思い出すということが果して可能であるだろうか。私はそれを疑う。報道の迅速さ、精細さということ自体、何か大切なものを奪い去っていはしないか。また〝事件〟を包む社会そのものも、まったく一変しているように思う。それは文学の在り方ということとも深くかかわったことなのだ。

こういう妙なことを考え出したのは、実は中村真一郎君の新著『戦後文学の回想』を読んだからだと言ったとしたら、ますます妙なことになって、当方の頭脳の構造まで疑われるかもしれないが、中村君の記憶のたしかさに惹かれて読んでいるうちに、広津・宇野両氏のことを思い出し、そこからこういうことになった次第であった。中村君のこの回想の面白さは、彼の文学論、あるいは文学についての持論と構想によって貫かれている点が、まず第一に私などには愉快であった。その文学論、あるいは構想が、たとえそれがどんなものであり、どのような批判の余地をのこすものであろうとも、それがどういう経過で、どういう生活と教養から生れて来たものであり、一生のあいだ、おそらくはもうすでにどう変更も出来ないものになっているということを知ることは、やはり、読む人にある運命的なものを感じさせる筈である。

この回想記には、おそらく百人を越える人物たちが登場するのだが、その一人一人が事に処して中村君と自分とがどう違うかということを考えるに違いない。それが回想というものの効用の一つでもあろう。たとえば、論争について、

加藤（周一）は論争を避けないが、私は論争を好まない。ということは妥協的なためではない。私はある文章を（たとえそれが私自身を批判しているものでも）純粋に論理的に反駁するまえに、そうした批判の出てくる相手の精神構造の分析に興味を持つし、それと共に、それは作家的好奇心かも知れないが、先方の精神状態を、想像によって追体験することを面白がる。追体験、感情移入、要するに、相手の身になる。そうして、想像によって獲得した相手の眼で、私自身を眺め直す。そうすると、数々の興味ある観点が生じてきて、相手の意見を反駁することなど、どうでもよくなってしまう。

こういう意見、私などもほぼ同感であるが、私の場合、批判を反駁などするよりも、私は相手の意見が相手の内部でどういう必然性をもっているか、そうしてその必然性が相手にとっての運命のようなものとなっているかどうか、つまり一定の文学常識や通念を越えて文学になり切っているかどうかを見定める。そうしてそれが相手にとっての運命になっていると感じられるならば、その批判を、い

つかは自分が逆用出来る筈である。私は要するに、あらゆる批判は正しい、と思っているのであるらしい。

ところで、これは中村君と、私なら私がどう違うかということの一例にすぎないが、事実として違うところが一個所あるので、それを一つ訂正させてもらおうと思う。

それは戦争中の「同人雑誌時代」という章にある、故加藤道夫、芥川比呂志、故原田義人などの友人たちが――入院中の芥川は〝故〟の字つきの友人二人にはさまれて気持がわるかろうが、われわれはみな、もう死んでしまっていようがまだ生きていようが、友人なのだ、ガマンをしてくれたまえ――上演した芝居に私が出演したというくだりである。

> 「新演劇研究会」について言えば、私はこの会の会員ではなかった。しかし、私や白井健三郎や加藤周一は、最も熱心な、この会の観客だった。この会は、もともと、外国語でやる学生演劇の会から生れた。ヴィルドラックの『商船テナシティ』をフランス語で上演した時、堀田善衛がイギリス人の水夫になり、彼の福井弁を基礎として、英語なまりのフランス語を喋るという、妙技を演じてくれたのが、記憶に残っている。

と記憶のたしかな中村君が〝妙技〟を認めてくれたことは、小生にとって名誉なことであるかもしれないが、実は、私の演じた役は、そういうものではなかった。それはこの劇の、二人の主人公である船乗りがマルセイユの港の宿屋の一人娘を争い、一人は娘をつれてパリに帰り、もう一人はさびしく空手で出港する商船テナシティ号に乗ることになる。従ってその船員宿には誰もいなくなり、終幕ぎりぎりの最後に空《から》の舞台に小生が登場して、たった一言、〝Adieu!〟（あばよ）と言うと、幕がガラガラとおりて来るという、そういう役であった。〝アディユ〟というたったの一言では、福井弁――本当は私の喋りことばは、富山弁と金沢弁のごちゃまぜなのだが――を基礎として英語なまりのフランス語を喋るという妙技は、いかに私が名優であったとしてもちょっとむずかしかろう。何故このことをはっきりと覚えているかというと、あれはたしか昭和十五年のことだったと思うが、いかに仏語研究会上演の芝居とはいえ、フランス語でフランスの芝居を公演するなどという、甘やかで無邪気なことが、いったいいつまでやっておられるものだろうかという、ある切迫したものが胸に迫っていたので、ガラガラと終幕の幕が上からおりて来るのを舞台でたった一人、上目づかいに眺めていて、本当に私は、〝おさらばだ《アディユ》〟と思ったからのことであった。終幕後に、フランス大使館から贈られたブドウ酒で乾杯をしたものだったが、そういう世界とも〝おさらばだ〟と思ったものだ。新協劇団とのことなどは、別に書いたことがあるのでくりかえさないが、それ以後、私はふっつりと芝居の世界とは離れてしまった。

このときの、芝居の世界のガヤガヤ（といったら芥川は怒るかもしれないが）からの離別は、私自身の文学的出発にとってはかなりの意味をもったかもしれないので、かくは訂正を申し入れた次第であった。

しかし、こんなふうに、中村君に訂正を申し入れながらも、一方では、それは要するに当方の個人的事情といったものであり、それは小生だけがそう思っていればそれでよく、従ってこの程度のことなどはメモアール作成者の伝説製造力にまかせておいてもよいのではないか、とも思う。

この文のはじめに、故宇野浩二氏と広津和郎氏とのことを書きえたのも、実は中村君の記憶力によってであった。中村君の旧著『芥川竜之介』中に、戦争中のわれわれの文学勉強について述べたところがあって、そのなかに、戦争中の日本文学の潰滅状態のなかで、私がしきりと大正時代のもろもろの文学を読みふけり、特に芥川と宇野浩二を熱心に読んでいたことを書いてくれて、それで私はあのときのお二人との邂逅のことを思い出したのである。彼のこの旧著『芥川竜之介』はよく出来た本であり、特に下町の人としての竜之介を、作品を通してよく書いていたと思う。それは作家にとっては実用的な本であった。私が竜之介の下町性（ということばがあるとしての話だが）といったものに気付いたのは、竜之介によってではなくて、むしろ令息の比呂志君を通じて、であった。

あるとき、比呂志君と酒を飲んでいて、彼がひどく酔ってしまい、酔ったとなるとことばづかいがガラリとかわって、途端に、ヤイ堀田、ナニッテヤガンデェ、というべらんめえ口調になり、そこで卒然として竜之介の下町性というものに思いいたったことがあった。もとより、そういう下町性といったことは本質的なことではないと言う人があるであろう。けれども、中村君のそういう指摘と実作とのつながり方の問題などは、慮外に、作家たちにとっては、批評家諸氏の研究や本質一本槍の論などよりも実用性があるのである。今度の「回想」にも、小林秀雄氏についての、たいへん短いものではあるけれども、実用的な考えが述べられている。私自身としては、小林氏が浮世絵師豊国の一族であることなどは別としても、氏は長い長い伝統をもつ江戸職人の最後の人、という考えをもっているが、いまはそれを言う場所でもないので控えることにする。とにかく、一人の芸術家文学者を、彼が生きた、あるいは生きつつある、ある限度つきの時代とのかかわりだけで論ずる論じ方は、非現実的というものであろう。

同じことは、いわゆる〝戦後文学〟というものを論ずるについても言えるであろう。中村君もおそらくは便宜的に、この本の標題を『戦後文学の回想』としているけれども、その趣旨は〝戦後文学〟という呼称の否定にこそあるわけである。彼が戦後どころか、まだ戦争にもなっていない頃から抱くにいたっていた彼の文学についてのイメージを回想のかたちで描き出しているのである。近頃ある雑誌で座談会があり、その冒頭で編集者が「本日は戦後派作家といわれている——椎名（麟三）さんは、自分は戦後派と言ったおぼえはないといわれますが、世間はだいたいそういうふうに思っておりますので」云々ということばで口火を切っている。椎名氏、編集氏ともに、当然のことを言っているのである。〝戦後文学〟ということでくくられている作家たちは、椎名麟三は椎名麟三の文学に生きればよく、中村真一郎は中村真一郎の文学に生きているのであり、またそれをこれからも生きかつ生かして行くだけのことである。そうして、世間で、という場所をある程度代表しなければならぬ批評家たちが、世間でだいたいそういうふうに思っております〝戦後文学〟という呼称をつかい、それでからげて行かなければならぬことがあるのも当然の成行というものであろう。ただ、世間での呼称というものは、何によらず文学の用語としては不便なものの筈であり、この不便なものが便宜にかわったときから、その呼称の使用者が堕落して行くかもしれないということは、これはありうることとしてわれひとともに心得ておかなければなるまい。

中村君のこの新著は、そういう意味で、彼の文学の理想乃至文学の概念自体が、〝戦後〟などに出来たものなどではまったくなくて、それはすでに、遠く早い時期に抱かれてしまっていたものの持続、なことだけは誰にも明らかにしてくれるであろう。

このほかにも、文学の前衛と保守についての考えや「文学もインフレイションの時期とデフレイションの時期とがある。」という考え方なども面白いが、きわだって人目を惹くものは、おそらく「私自身に関する補足的一章」と題された章にあげられた、実に夥しい古今東西の古典、中世、近世、近現代の諸文学の書目であろう。「大体、私には以前から、本を文学史的に系統的に読む趣味があった。」とはいうものの、趣味だけでこれだけの本を読めるものではない。また、読むだけじゃ仕方がねえじゃねえかという言い方もあろうが、かく言う人が怠惰からそれを言うのでなければさいわいというものであろう。

この夥しい本を、あの昭和十年代の戦争に明け暮れした時代に読破したのか、と驚く若い世代もあるかもしれない。が、それにはいくつかの秘密があるのだ。戦争の時代に、兵役についた人はもとより工場などに徴用されたりした人は、それこそ朝から晩まで暇などというもののありようがなかったが、そういう、戦時においてはいわば正統といった場所以外の、片隅の吹溜りに放り出されていた人種にとっては、奇妙なことに暇ばかりがやたらにありすぎてどうしようもないといったふうでもありえたのだ。それはまったく奇妙な暇さ加減というものであった。明日召集令が来て、あるいは明日焼夷弾で焼き殺されるかもしれないという切迫した、しかし事実としての呆れるほどの暇。いまのように、野球やらTVやら映画やらレジャーやら、なにやらかにやら人の気を散らす専門のものが、皆目なかった。夜は暗かった。そこで中村君や私などは、やたらに本ばかりを読んだ。それにもう一つ、貧乏ということがあった。彼はこの回想のなかでも「私は貧窮を恥とするものではない。」と言っている。私の知る限り、中村君は当時の仲間のなかでも、もっとも、おそらく極貧、どん底状態につねにあった。配給の米だけでやって行けた戦争初期の時期にすら、彼はジャガイモをゆでて、副食なしにそれだけを食べて飢えをしのいでいたことがある。彼に苦学生臭がまったくなく、またなかったのは、偏にそのゆたかな文学的教養による。私がそういうことを言うことを彼はもとより好まないであろうが。戦時下での呆れるほどの暇さ加減とおそろしい極貧とを生きて彼は言う。

金のない私には……そうした絶望感、不安感は気の弱い私を、どう捻じまげることになったかも判らなかった。それを救ってくれたのは、寧ろ戦争だった。私は長い一生を心配する代りに、明日、死ぬかも知れない生命の心配をすればよかった。私はこの読書生活がいつまで続けられるだろうかと取越苦労をする代りに、今日一日、古典に接することのできた喜びを感謝すればよかった。

さて、中村君。われひとともに、初心失うべからず……。

今年の秋

十返肇が死んでしまって、身のまわりがさびしくなった。彼の死の日から五十日ほどたってみて、つくづく、そう思う。十返君との交遊のはじめは、あれは昭和で数えて十三年か四年の頃であったろう。その頃、新宿の武蔵野館という映画館の前に、仏蘭西屋敷という、ひょろ長いうなぎの寝床のような、という言い方がぴったりの喫茶店があった。ママゴトのような椅子卓子が二列にならび、三色の幌が入口上につき出ていた。そこに十返君がうろうろしていた。私もどうせうろうろしていたのだから、いわばうろうろ同士みたいなものであったろう。中村真一郎や武田泰淳などの、いわゆる戦後派とかということばでひっくくられるようになった友人諸君や『批評』の人たちと知り合ったのは、もう少し後のことであって、その頃の私は、むしろ、田村隆一や鮎川信夫などの、今日でいう『荒地』の詩人たちと親しく、話をかわしたことのある職業作家は、これも妙なとりあわせと思う人があるかもしれないが、井上友一郎、田村泰次郎のお二人であった。新宿という地理に理由があったろう。しかし職業作家とはいうものの、この頃はまだお二人とも職業になりきってはいなかったろう。若き田村氏は『ラモン・フェルナンデスについて』といった論文を書いていた。そうして井上氏はたしかその頃、都新聞、いまの東京新聞の文化部につとめておられた筈で、あるいは時間的に少し狂いがあるかもしれないが、『夢去りぬ』という小説を、同人誌『槐《えんじゅ》』だったか、『現代文学』だったかに連載していたと思う。新庄嘉章氏と知り合ったのもその頃であり、新庄氏が田村氏の『ラモン・フェルナンデスについて』をほめ、井上氏がこきおろし、おまけに新庄氏が某女と大恋愛をおっぱじめて私もそのとばっちりを喰って大いにあわてたこともあった。田村氏の『大学』が出版されたのはその後のことであったろう。またその頃、『自由ヶ丘パルテノン』なる作品で評判になった堀田昇一氏と間違われ、妙な具合になり誰かに大酒を飲まされたこともあった。

十返君はその頃は酒を飲まなかったから、彼と二人ではあまり珍妙な振舞いに及んだことはなかった。私自身まだ二十一か二だった筈であり、これらの人々もまた、まだまだ二十代だったのではないか。武田麟太郎、高見順などの新進、あるいは既成の作家たちを見たり、あるいは誰かの紹介で話したりしたのも、昭和で数えて十四、五年の頃であったか。武田麟太郎氏を見ては、つくづくとむかしの浪人というものはこういうものだったか、と思ったことであった。しゃくれた顔に、着流しの胸をはだけ、腕をまくりあげて大酒をあおっているその恰好は、まったく江戸の浪人、というイメージを私に与えた。

十返君とは、その頃も、それから戦後も、ぽつりぽつりと、二、三カ月の間をおいて顔をあわせるだけであり、会っても別にこれと言って長話をするわけでもなく、ただ彼は無限に水割ウイスキーを飲みつづけた。私の知る限り、彼ほどに構えというもののまったく感じられない、そうして当方もまったく無警戒で接して何の気掛りもない批評家というものは他にいなかった。好き放題のことを言いつづけ、その結果彼が何を書こうが、私にはどうでもよかった。また文学以外のことで、彼によってケチン坊の一人に仕立てあげられても、だからどうだということはまったくなかった。

けれども、十返君の死後に聞いたところによると、彼はあれでなかなか意地の悪いようなところがあって、若い新進の作家たちを、いわばいじめつけるようなこともないではなかったらしいが、まあ、ありそうなことである、と言っておくか。そういう面をも含めて、作家の遊び相手として、あのくらいつきあいのいい批評家というものはいなかった。私はここで、この、遊び相手ということばを、軽いものとして言っているのではない。好き放題のことを、ということも、放言という気持で私は言っていない。文学、芸術に、遊びの要素というものが不可欠であり、かつ必然であるとするならば、それにつき合う批評家というものも、腹をきめた遊び相手でなければならぬ。腹のきめ方にもいろいろあるであろう。学問であるとか、歴史とかいうものを一方に睨みながらつき合って行くというきめ方もあり、十返君のように学問歴史関係なしとして、つねに現在の時間を遊泳して行くことに腹をきめるという法もあった。

彼の入院中、二度ほど見舞いの手紙を書き、一度だけベッドのそばまで行ったのが死の三週間ほど前であったろうか。もう彼の好きな野球をテレビで見るもラジオで聞くも苦痛になっていたという……。やあ、と言い、どうだね、と言い、早くよくなってくれよ、と言い、多分千鶴子夫人は呆れられたと思うが、ものの二十秒も病室にはいなかったろう。病いと、そうして死と戦っていて、もう遊べなくなった人のそばに、私は長くいるに堪えなかった。

もっとも、武田泰淳のように、おれは病人の見舞いには行かないよ、坊主だからな、おれが行くと、いよいよ本物が来やがった、と思われても困るからな、という人もある。

十返君の遺著である『実感的文学論』について何かを書きたいと思っていたのだが、いくらさがしても見当らぬ。考えてみると、彼の追悼パーティでその本をもらい、それから中村真一郎、結城昌治の二君につきあい、結局、十返君の巣であった新橋の地下室バーで酔っ払い、そこに忘れて来てしまった。彼の古巣に読まれない遺著が一冊くらいあってもいいだろう。


身辺、やはりさびしくなった。

元来この一文、編集部から、故加藤道夫のことを書いてみないか、との示唆があって書き出したのであったが、十返君の死のことがあって、異様なふうに死者列伝のようなものになりそうである。筆者としても少々薄気味がわるくなっているが、仕方がない。劇作家、『なよたけ』の作者——といわれることを加藤はひどく嫌っていたが——である加藤道夫のことなどは、もう、同世代の誰かが回想をでも書くのでないかぎり、もうおそらくは誰も問題にしないだろうと思う。文学史も、おそらくはこういう人がいたというほどのこととして、マイナー（劇）詩人として扱うことがあるかないか。ごく若い読者のなかには、初耳、といった人もいまではいるかもしれない（註）。元文学座の女優さんである加藤治子さんの、というようなことや、白井浩司や芥川比呂志や私などと学校が、といったことなども、もう余計事というものであろう。

いま私は新潮社版の部厚い『加藤道夫全集』全一巻をひっくりかえして見ていて、かつて追悼文を書いたときにもそこに注目したのであったが、年譜のなかの次のようなところ、昭和十八年、(一九四三)二十五歳、高津春繁にギリシア語を学ぶ。最初の長篇戯曲「なよたけ」の稿を起す。ヴァレリイ、リルケ、ジロウドウ、クローデル等を好んで読む。「能」に興味をもち、中村真一郎等と共に屢々観る。陸軍省通訳官の試験を受け、任官。秋、「なよたけ」執筆。

昭和十九年、(一九四四)二十六歳、春、「なよたけ」(五幕)脱稿。川口一郎を知る。南方へ赴任。濠州作戦なりしか(?)、マニラ、ハルマヘラ島を経て、西部ニューギニアのソロンなる部落へたどり着く。以後終戦まで、全く無為にして記すべきことなし。人間喪失。マラリアと栄養失調にて死に瀕す。

昭和二十年、(一九四五)二十七歳、終戦と共に、終戦事務、戦犯通訳の仕事に従事す。

この部分に、やはり異常に惹きつけられてしまう。

西部ニューギニア(その頃はオランダ領であり、いまはインドネシヤ領である——この変化だけでも、とてつもない、それこそ歴史的な大変化である)のソロンなるところ、地図でさがしてみると、この大陸(?)の西端、ベラウ半島の北側で、バタンタ海峡なるものにのぞんでいる。私の見ている地図はオクスフォード・アトラスの一九五一年版であり、そういう地図に出ているのだから、加藤のいう「部落」とは、あるいは違うかもしれないが、調べるすべももうないだろう。このソロンなるところは、連合軍さえが眼をつけなかった、とりのこされたようなところだったということで、イモさえも出来ないようなひどいところだったという。そうして、たどりつくだけでおそらくせいいっぱいというものであったであろう。要するにたどりついただけである。以後終戦まで、全く無為にして記すべきことなし。人間喪失。マラリヤと栄養失調にて死に瀕す、という。

私はこれまでも、この死んだ友人の年譜のこの部分を何度かぼんやりと眺めていて、いつの間にか次のように読むようになってしまっている。すなわち、

　以後終戦まで、あまりにも愕くべきことのみにて、記すすべなし。人間嫌悪。マラリヤと栄養失調にて死に瀕す、と。

そこで彼は、地獄を、見た筈である。

能や舞台や本のなかなどの地獄ではなくて、食い物もなくて、熱帯の、密林に閉じこめられた軍隊の、死と、飢餓、地獄、を。

そうして加藤君ほどにも、この地獄にふさわしくない人物はいなかったのだ。死は戦時中に青春をもったもののつねとして、いつも眼の前に見透されているものであった。が、死と生き地獄とは、別のものである。

彼の芝居を舞台に見、あるいは前記、全一巻の全集を読む人は、あるいは夢とか幻想とかの、いわば現実ばなれのした世界を舞台に実現しようとした人、というふうに思うかもしれない。そうして、それはそれで正しいと思う。「そこはかとなきものだな」と言った人もいた。けれども私は、そこに彼の忘れたかったあるものをまざまざと感じる。少し注意深い読者は、彼の戦後の主要な作品に、異

常なほどの、記憶喪失の問題に対する執心を見出すであろう。

彼の見た人間喪失、あるいはニューギニアでのことについては、A Tropical Fantasyと副題された「挿話《エピソード》」という、滑稽劇にも近いものが一篇あるだけであり、そこでのことをじかに語ったものはどこにもない。誰にも語っていないのではないか、と思う。そのことを思うと、話が逆だ、と言われるであろうが、私は、ドイツの詩人、アウグスト・フォン・プラーテンの次のような詩句を思い出す。

美《うる》はしきもの見し人は、
はや死の手にぞわたされつ、
世のいそしみにかなはねば。

（生田春月訳）

プラーテンの、〝美はしきもの〟を、ここで加藤の見た筈の地獄にかえて、私は暗然とする。彼は自ら縊れて死んだ。一九五三年十二月二十二日夜のことである。そのとき私は松川事件の二審判決を傍聴するために仙台にいた。白井浩司はフランスから神戸へ帰りつくところであった。芥川比呂志は大阪で放送の仕事をしていた。

彼の死にざまがまた、まことに異様であった。それより前に、世田谷若林町の、彼の家がまた、これがまたまことに異様な雰囲気をたたえた明治風な洋館であった。彼の死ぬよりずっと以前に、私はしばしばたわむれて、世田谷のアッシャー家、などと言ったものであったが、その洋館の階下のいちばん広い部屋が彼の書斎であった。彼は、そこの大きな背の高い二つの本棚に紐をまわし、自分は本棚と本棚の中間で椅子にかけ、椅子から身を乗り出して縊れて死んだのだ。あんなに、きわめて日常的な恰好での、怖ろしい死にざまというものを私は知らない。

それより以前、あれはいつ頃のことであったろうか。彼の死からそれほど遠い以前ではない。ユネスコが若い文士を外国へ留学させるということがあって、どういう縁で私などにまで口がかかって来たのであったかわからないが、外務省で試験をやるから出て来い、という通知をもらったことがあった。行ってみてびっくりした。集ったのは、木下順二、加藤道夫、中村光夫、中村真一郎、矢内原伊作などの面々であり、試験官は坂西志保、渡辺一夫などの人々であった。どこへ行きたい、と聞かれたら、私はフランスあたり、と曖昧に答えた。が、仏文和訳の、どうやらフローベルの文章だったらしいものはさっぱりわからず、口頭試問でのフランス語の会話は、これはまったく出来ず、奇怪なことに戦時中上海で覚えた中国語のきれはしがとび出して来たり、私があまりにツンボかオシみたいでヘドモドしているので、まことに照れくさそうに、かつ悪そうなふうでもじもじしていた試験官の渡辺一夫氏が助《す》け手を出してくれて、英語はどうですか、というから、英語でやってみると、これが不思議に、どういう加減か、幼時アメリカ人牧師の家で暮したときの記憶がかえって来て、そのときはベラベラに出来て、今度は坂西女史が呆れてしまい、そんなに英語が出来るのにどうしてアメリカでなくてフランスへ行きたいのか、と言うから、ぼくは仏文出身なんです、と小声で答え、層一層呆れられてしまった。もとより、私は自分がえらばれるなどとは、はじめから、毛頭思っていなかった。が、加藤道夫は、真剣に、その試験にうかることを望んでいたのだ。彼の申込用紙に、勉強の場所としてOLD VICと、例の几帳面な書体で書いてあったので、オールド・ヴィックって何だ、と訊ねると、加藤は私のあまりな無知におどろいたか、小さな声で、シェークスピアだよ、と言った。ふーん、と答えておきはしたものの、オールド・ヴィックなるものとシェークスピアがどういうかかわりなのか、知らなかった。フランスあたり、と漠然とした者と、ちゃんと英国は英国でも英国のどこへ行って何を、ということのはっきりきまった人とでは……。結局このときは、中村光夫一人だけが当選したのであった。われわれ落選組は、アン畜生め、中村光夫は戦前にもフランスに留学していたじゃないか、欲ばりめ、あいつそれに仏文の先生じゃねえか、喋れなければ、語学が出来なければ通さねえというのなら、本来作家なんか当選するわけはねえじゃねえか、語学の出来すぎる作家なんか信用出来ねえ、などとガヤガヤ言い合って憤慨したものであったが、そういう席で、加藤道夫は黙り込み、暗い顔をしていたのを覚えている。深刻、ということばがそのときの彼の身に添っていた。彼は語学などの成績ではなくて、健康診断でおとされたのだということを、後になって、彼の死後に、久保田万太郎氏から聞かされて、あのとき中村光夫じゃなくて加藤が当選していたら少なくとも自殺したりはしなかったろうと思うことをやめた。――妙なことを思い出したものだ……。また彼の代表作である『なよたけ』も、彼の死ぬまでは誰も上演してくれなかったのだ。菊五郎劇団による、いわば抄演のようなものを除いては。

加藤はもう少し生をつないで生きのび、――しばらくのつなぎぐらいを人生は許してくれてもいいだろうに――、戦争と死の地獄の劇を書くべきであった。眼覚めたときの夢想家の、現実に対する復讐を私たちは期待してもよかった筈なのだ。が、彼はとり殺されてしまった。仕方がない。

私としては、彼は戦時中のある世代、あるいはグループに共通した、詩と死とが同義語であった、その詩を私から、というよりはこの場合、われわれから、彼自身の死によって奪い去るようにしてもぎとって行ってしまったように思う。加藤の死後、彼に親近した友人たちのうち、誰一人として「詩」を書きつづけ得ているものはいない。そうして今は、私は彼にその、奪う権利があった、と思っている。われわれはみなそれぞれに戦争を痛切に経験した。が、彼だけが、そうして彼にだけは経験させたくなかった、人間の生き地獄を、彼は、見たのだから。

いま頃、十返肇は、閻魔大王の舌を「がんぜき」でひっかきまわし、大王の眼ン玉を白黒させてから、三途の川の水割りを舌ガンの心配などなしで無限にひっかけてくれて、やおら冥界の文壇諸公に、こっちの方の様子を例のシャーガレ声で限りもなく語って聞かせているか。そのいちばん奥の方の片隅に、ひっそりと加藤は坐り込み、いまだに疼く咽喉をなでなで十返の話は本当かな、などと疑いながら聞いていているか。加藤の蔵書のなかには、十返君がときどき書いていた、むかしの雑誌『若草』が何冊かあったから、その名くらいは知っていたであろう。

加藤道夫の墓には『なよたけ』の詩が刻みこんである。

なよ竹やぶに
　春風は　さや　さや

やよ春の微風
　春の微風　そよ　そよ
なよ竹の葉は
　さあや　さあや　さや
さあや　さあや　さや……。春の微風どころか、幽界の冷たい風が吹いて来るらしくて、私も気味がわるくなって来た。この辺でやめておく。
なお『今年の秋』という題は、故正宗白鳥氏の作からお借りした。

（註）
加藤道夫について、ごく若い読者のなかには、初耳、といった人もいるのではないか、と書いたことに対して、源高根氏という若い熱心な研究者の方から、そうではない、として、くわしい研究や未刊のノートの覆刻などを送って頂いた。またそのほかにも熱心な読者、研究者のいることを知った。徳、孤ならず、というが、美、孤ならず、というべきか。

「こんてむつす、むん地」——私の古典

多くの読者の方々にとって、ひょっとしてここにあげた「こんてむつす、むん地」なるキリシタン本は初聞であるか、あるいは名は聞いたことはあるが実物は未見、といったものであるかもしれない。だから、奇をてらったというふうにとられる危険がなくもなく、こういう場所でとりあげるのにふさわしくもないかもしれない。しかもこれが活字になって広く読むことが出来るようになったのは、一九五七年に、天理図書館蔵本をもととして、新村出、柊源一の両氏の校註になる日本古典全書（朝日新聞社刊）中の吉利支丹文学集（上下二巻）におさめられてからのことなのである。だから、ますます不適当、ということにもなりかねないが、しかし、それらのことを承知の上で、あえて私はこの本のことを書いてみたい。そうして人々にも一読されることをおすすめしたいのである。それほどに、私は深い、なみなみならぬ感銘をうけた。

ところで、ここにいう「こんてむつす、むん地」とは、一般に「イミタチオ・クリスティ」とラテン語でよばれ、邦訳では「キリストに倣いて」とか「キリストのまねび」とかとなっているものであり、書名は第一章の章題「De Imitatione Christi et Contemptu Omnium Vanitatum Mundi」（キリスト

にならうことと、すべての世俗的虚栄を蔑視することについて）から来ているものである。原著者は、長くアウグスチノ会の修道士トマス・ア・ケンピスということになっていたが、近頃はオランダ人のヘーラルト・ホロート（Gerard Groote, 1340–1384）であるということが、どうやら確証されたらしい。そうしてこの本、中世的な戒律や形式のややこしい宗教生活から、ルネサンスの精神によって脱皮し、各個人が自らの魂のうちに神を見出すために集中し黙想せよと説く、いわば近代的な信心の発端ともなったものである。その説くところは簡潔で、しかもその簡潔さが直接に宗教的な感動を与えるように出来ている。

しかし、以上のような解説は、校註者のそれの単純な受け売りであって、私がこの本についてうけた感銘は、実はこういう因縁や由来とはあまり関係がない。私は、率直に言って、このキリシタン訳本の日本語と、それが連想させる日本人の宗教心のあり方に動かされたのであった。訳文は、ほとんど漢字を用いないで平仮名ばかりで訳してあり、その訳文のなだらかなことや、情熱に押えがきいていて、女子供にもわかりやすいようにという配慮がすみずみまで行きわたり、数あるキリシタン文学中の傑作であるばかりではなく、私は日本文学としても最高の傑作中に入るものであると思っている。訳者は、どうやら細川ガラシャ夫人周辺の誰かであるらしい。

その第二十一章、「し（死）するのくわんねん（観念）の事」を抄してみよう。（カッコ内は筆者の註）

「いまはあたひ（値）たかきじせつ（時節）なり。かなしきかな、をはり（終り）なきいのちをもとむべきたよりとなるひまを、むなしくつかひうしなふ也。……いかにきやうだい（兄弟）……あしたにゆふべにいたらんとおもふ事なかれ。ゆふべには又あしたをみんとやくそく（約束）する事なかれ。かるがゆへにつねにかくご（覚悟）してゐべし。……ああ、ぐち（愚痴）なるかな。一日さへさだめなき身にて、なにとてちやうめい（長命）ならんとおもうふぞ。いくばくの人か、おもひかけなきとき、むじやうのせつき（無常の刹鬼）におひたてられたるぞ。ある人はけん（剣）につらぬかれてし（死）し、ある人は水におぼれてしし、ある人はたかき所よりだらく（堕落）してしし、又ある人はあそびたはぶるるうちにししたりといふ事をいくたびかききし。しよせん（所詮）人のをはりといふはし（死）する也。一命はかげ（影）のごとくすぎさる也。……」

こういうところ、これを一つ、読者諸兄姉、声に出して朗誦してごらんになるといいと思う。そうすれば、自然に、たとえば法然上人の次のようなことばがこれにかさなって来る筈である。

「それあしたにひらくる栄花は、ゆふべの風にちりやすく、ゆふべにむすぶ命露はあしたの日にきえやすし。これをしらずしてつねにさかえんことを思ひ、これをさとらずしてつねにあらんことをおもふ。しかるあひだ、無常の風ひとたびふきて、有為のつゆながくきえぬれば……」

たとえば、この二つの文章を、註釈なしで出し抜けに突きつけられたとして、前者をキリスト教、後者を仏教のものとして、ただちに弁別出来る人がどのくらいいるものであろうか。私はそれを疑う。それは日本文学の力というべきものであり、かつはその日本語に深く浸透している日本の生死観そのもののせいによる、と私は思っている。

またたとえば、

「天のめぐりをくふう（工夫）するまんき（慢気）のがくしやう（学匠）よりもデウスにつかへ奉

るへりくだりたるむがく（無学）の人はなほまされり。物をし（知）りたくおもふすぎたるのぞみをしりぞけよ。其ゆゑは心のまよひみだる事其中にあり。」

こういうくだりは、ただちに親鸞の「教行信証」中の、次のような悲痛なことばを思い出させるものである。すなわち、

「誠に知んぬ。悲しき哉、愚禿鸞、愛欲の広海に沈没し、名利の大山に迷惑して、定聚之数に入ることを喜ばず、真証之証に近くことを快《たのし》まざることを恥づ可し傷むべし矣。」

一方は素直な、誰の耳にも入りやすいなだらかな文章で言い、他方は激した文体で、まずは同じ思いをつづったものと言って、そう大過はないと思う。

もっとも、こんなふうに断片だけをとり出して比べてみたりすることは、実は間違いとけつまずきのはじまりであることは、私も承知しているのであるが、宗教心というものの根拠、はじまり、あるいはその門に入ってからの実践、修徳というものの過程は、暴言であるかもしれないにしても、宗派によってそうもそうも異なるものではないということも示されていようか。謙虚であれ、心をむなしくせよ、といった人間の道がそうもそうも異る筈はない。

この「こんてむつす、むん地」の訳者の胸のなかに、日本仏教による生死の観が宿っていたことは、おそらく否定出来ない事実であり、このことを、文学の問題として考えれば、そこに日本の文章文体というものが、ラテン語による原文をつつみとってしまっている、と言うことも可能であるかもしれない。それぞれの国語、その長い伝統と歴史にもとづく文章文体というものは、そのくらいの力はあるものなのであり、そういうものが、たとえ翻訳であっても、古典の名に値するものなのだ。

そうして、これから先のことは、私の想像であるが、こういう文章文体があったことが、そのことがあの時代においてかくも多数の信者をキリシタン宗門が獲得しえたことの、一つの理由にもなるものなのではなかろうか。手許に参考文献がないので詳しくは立ち入れないが、人口比から言って、現代日本の新教、旧教両者あわせてのキリスト教徒よりも、当時の方がけた違いに多かったのである。しかも、この文章文体が内包する人間に対するあわれみといましめとは、深く人々の心のなかに入って行き、そこで着実に心の糧となりえたと思われる。私としては、ここから一歩を進めて、仏教及び日本の自然信仰に発する、歴史と伝統につちかわれた精神的な下地があったればこそ、あの当時のキリシタン信仰というものが成立し得たのである、と言いたいところであるが、その方の専門家でもないので、いささか無念ではあっても、そこまでのことは遠慮しておきたい。

そうして、もう一つのこと、つまりかくもひろく深く浸透したキリシタン信仰が、ほとんどゼロに近く消滅したことについても、私はそれがきびしいキリシタン禁圧や鎖国のせいばかりではなくて、あの文章文体自体がもっている、無常観に立脚した仏教的なものが、実はキリシタン信仰を、この場合、カッコつきの「信仰」そのもののなかに吸収してしまった、ということが、内的な要因として存在していたのではないか、というところまでも、実は言いたいのだが、これも、遠慮をしておきたい。

私としては、津田左右吉博士の考察――仏教を媒介とした中世的なカトリック教が、たとえ禁圧がなかったとしても、果して全日本的になったかどうかは疑問である、あの中世的、あまりに中世的なこの宗門が、果して町人文化の花やいだ、きわめて現世的な時代であった徳川期に、十全にうけいれられ発展して行ったかどうかは疑問である、という――津田博士の否定的な見解に同意したいものである、という、そのくらいのところにとどめておきたい。

ところで、この「こんてむつす、むん地」の現代語訳を、引用したと同じ箇所について見てみよう。

——いまはあたひたかきじせつなり、というところ、

「今こそ最も貴重な時である。だのにああなたは永遠の生命を獲得すべきこの時を有効に用いてはいない！」

——いかにきやうだい（兄弟）、という美しい呼びかけは、

「愛する者よ。」

というぶっきら棒なことになってい、

——ああ、ぐち（愚痴）なるかな、というくだりは、次のようなことになる。

「ああ愚かな人よ、あなたは一日の生命すら請合えないのに、どうして長く生きたいと思うのだ？いかに多くの人が同様に欺かれ、予期せぬまに肉体から奪い去られたことであろう？　或る者は殺害され、或る者は溺死し、或る者は高所から墜落して頭を挫き、或る者は食事中に死に、或る者は酒を飲みながら死んだことを、あなたはいくたび聞いたことであろう？　かように死は万人の最後なのだ。その日は過ぎゆく影にひとしい。」

現代語訳（由木康氏訳）は、かくのごとき有様である。パスカルの名訳者である由木氏のこの訳は、戦時中から戦後にかけての、大へんなご苦労のうちになされたものであるが、読者諸兄姉、先のキリシタン訳とどうか読み比べてみて下さい。私は由木氏のご信心のことをどうのこうのと言っているのでは毛頭ない。写していて、比べて、私は溜息が出てしまうのだ。

言うまでもなく、由木氏訳の方が語学的にも考証としても正確なのであるし、研究もまた深まっているのである。私が溜息が出るというのは、少々の非礼を犯して言えば、信心事において正確とか、研究の深まりとかいうことは、いったい何を意味するのか、ということであり、また、小は私などもがその責めの一端をになっている筈の、現代日本語というものの粗笨さ、うるおいのなさ、がさつき加減というものが、由木氏訳との対比において、あまりにも露骨にむき出しになっている、ということなのである。

――いまはあたたひたかきじせつなり。

この訳文一つだけをとってみても、それは私のような不信心者の心にも、ずしんとひびいて来、そうだ、ぼんやり遊び呆けて時日を徒費してはならぬ、と思うのであるが、

――今こそもっとも貴重な時である。

と言われても、私なんぞは、ただ、ああそうかい、と思うだけである。さらには、先にも一度引用したが、

――いかにきやうだい。

という、この極美な呼びかけに呼びかけられると、まことにじかに、これもまたしみじみと胸にこたえるのである。

ところが、これが、

「愛する者よ。」

となると、いったいそれは誰のことなのかな、まさかおれのことではないだろうな、などという、

なんともかとも埋めようのない距離、あるいは飛び越しがたい溝か濠のようなものが、この文章との間に存在してしまうのである。そうして、これらのことは、何も訳者である由木氏がわるいのでもなく、氏の信仰にもかかわりはなく、宗教用語としての現代日本語の悲惨という一語につきるものであろう。由木氏訳が、それでは「こんてむつす、むん地」がもったと同じ歴史の時日をへたあかつきに、その後の世に、現在の私なら私が後者について感じとる、ある深い人間に対する愛情というものをつたえ得るかどうかといえば、これは無理というものであろうと思われる。これもまた由木氏のご苦労の如何にかかわらず、おそらく無理であろうと思われる。

しかもなお、現代語訳は必要なのである。

古典というものの怖ろしさ、また古典というものの偉大さが、如実にあらわれた一つの例であろうか。

ゴヤの墓

この画家の運命について考えていると、不謹慎と言われるかもしれないけれども、その死後の運命について、私はなんだか可笑しくなって来て深夜ひそかに笑い出したことがある。

御承知のように、ゴヤは亡命先のボルドオで一八二八年四月十六日、八十二歳の高齢で亡くなった。そうしてボルドオにあった墓には、彼の死亡の日付も年齢も間違えて刻んであったものである。

まあしかし、間違えられても仕方はなかったのかもしれない。とにかく、当時は亡命中であったとはいえ、ゴヤはスペイン宮廷付の画家であったのであり、ボルドオでもそれ相応の尊敬はうけていたのであるが、死んで入るべき彼自身のための墓がなかった。その面倒をちゃんと見てくれる人がいなかった。それで彼の遺骸は、同じく亡命者であって彼の友人でもあったドン・マルティン・デ・ゴイコエチェア（一八〇六年没）の墓に同居をすることになったのである。このゴイコエチェアの娘がゴヤの息子の嫁になっているのであるが……。

そうして祖国スペインは、ナポレオン戦争以来の政治、軍事、経済のゴタゴタがつづき、長くこの大画家の死のことなどにかまっていられなかった。それに、私もボルドオのシャルトルーズ墓地へ行ってみて知ったのであるが、この墓地には実に多くのスペイン姓の墓があるのである。

彼の死後五十年たって、一八七八年に、やっとマドリードにはゴヤの遺骨をスペインへ迎えようという議がもちあがる。しかし、何分にもスペインでの事務というものは甚しく時日のかかるものであり、事はフランス当局との折衝をも必要としていて、そのスペイン国内での事務処理と、フランス当局との折衝に、たっぷりと十年の歳月が必要であった。アスタ・マニャーナ、というものである。それで、一八八八年にいたって、ようやく議は成立し、同年七月五日、両当局者立会いのもとにゴイコエチェア・ゴヤ両人共用の墓をひらいてみることになった。

ところが、石をのけてみるというとこれはしたり、両人のお骨は、生前仲のよかったことを立証でもするかのようにして、どれがゴイコエチェアやらゴヤやら、さっぱりわからぬほど、両者合体してしまっていたのである。しかも、あろうことか、アタマが一つしかなかった。紛失したのはゴヤのアタマであって、のこっているのはゴイコエチェアのそれであるということになった。どういう証拠があってそうきめられたものか、そんなことはわからない。

誰か、ゴヤの熱狂的な崇拝者が墓をあばき、骸骨からゴヤのされこうべをもぎりとってもって行ってしまったのだ、ということになった。そうしてあとをごまかすために両人の遺骨をごちゃまぜにし、一つのアタマだけで両者に兼用してもらうことにしたらしいのである。

そうして十九世紀の中頃には、ゴヤの生れ故郷であるサラゴーサ近郊のフェンデトードスの村には、ディオニジオ・フィエルロスとかという画家の手になるゴヤのされこうべという一枚の絵があったそうであるから、村の血縁の誰かが盗み出したのだろうという話もあるが、その絵自体が紛失してしまっているのでは話にもなんにもなりはしないであろう。また話にならぬという点では、このフェンデトードスの村にはゴヤの生家なる石造の小屋が再建されていて、その再建された家の壁には、幼年時代のゴヤが描いたということになっている、例の魔女がホーキにまたがっている落書があるが、近頃再建されたものに、子供時代のゴヤのデッサンがあるなどとは、まるで頼朝八歳のときのされこうべといったものであろう。

立会った両国の当局者は、しかし、アタマが一つしかない両人ごちゃごちゃの遺骨を前にしてはたと当惑し、どうしたらよいかという指令を両国のより高いところから仰ぐことにきめて、ふたたび墓のふたをしめてしまった。この間、一年……。

結局、両国の議が熟して、どれがどうなったともわからぬこの御両人の骨は、ともかくいっしょにマドリードへひきとることになり、かくて、とにもかくにも一八九九年に、ゴヤのこの首なし遺骨はマドリードへ戻りつくにはついたのだが、さて、ではどこに御安置申し上げるか、それがまたなかなかにきまらない。

そこで、一応、マドリードのサン・イジドロ寺院に宿を借りることになった。まだまだついの宿りにいたるまでにはいたらず、五年はたっぷり待たなければならなかった。

一九〇五年に、やっとのことでこのゴイコエチェア・ゴヤの骨は、サン・アントニオ・デ・ラ・フロリダ寺院の、いまの宿り場にたどりついたものである。この間、何十年であったか。いかにアスタ・マニャーナのスペインとはいえ、ずいぶんと長くかかったものである。

しかし、それだけの時間をかけただけのこと、あるいはその甲斐があって、このサン・アントニオ・デ・ラ・フロリダは、彼のお骨を納めるにふさわしい場所であった。一七六八年に、この小さな御堂の天井に、ゴヤはフレスコでこのアントニオ聖人の挿話を壁画に描いているのであったから。

そうして、このフレスコ画は彼の作品中でも傑作に属するものであり、たとえばカディスの町中のアパートのなかの教会にある壁画などよりも、やはりずっと出来のよいものである。保存も完璧である。

天井はひどく高いから、見においでになる人は望遠鏡かオペラグラスをもっておいでになる方がいい。完熟期のゴヤの多くの絵がそうであるように、ほとんど準備らしい準備も下絵もなしに、描きながら思いつきながらというふうで、ほとんど即興的に、とさえ言いたくなるほどの自由さで描いて行ったものらしい。少し倍率の大きな望遠鏡でのぞくと、円天井の絵の一部にははじめのデッサンの線がシックイにのこっていて、その線と本番の絵とはまるで食い違っていることが認められる筈である。

そうして、ゴイコエチェア・ゴヤの墓はといえば、大理石の、どこのどんなバカ絵描きが描いたものかわからぬが、絵つきの大理石の祭壇の前に、従ってこの円天井の真下に、安っぽい天使の彫刻をほどこした板石があって、そこにお骨が納めてあるのである。

これまた不謹慎なはなしではあるが、私はこの墓のそばに立って円天井の壁画を見上げながら、なにやら腹の底から可笑しくなって来たことがあった。死者追悼とか墓参とかという気持からははるかに遠く、大らかな哄笑を呼ぶ心持に、私はなって来たのであった。

なにしろ、その天井に描かれている人物たちは、みなマドリードの、そんじょそこらの町の男女であり、洗濯女や女魚売りやら、いまにもランカンから落っこちそうな餓鬼どもやら、大工に左官屋に掻ッパライといった、ゴヤという大将がいちばん好きだった連中である。アントニオ聖人そのひとが、ほとんど何等の聖化をもともなっていない。モデルはおそらく彼の友人の誰かである。ここに描かれた女どものうちの何人かとは、彼自身関係があったものであろうことにも間違いはないであろう。なにしろこのゴヤという大将は、宮廷画家であって御大層な馬車などに乗っていはしたものの、またアルバ公爵夫人などをうまい具合にちょろまかしたりはしたものの、要するに餓鬼大将がそのまま大きくなったような人だったのであるから。彼は不良少年でさえなかったであろう、要するに餓鬼大将である。

もちろん、当時にあってもこの絵は、瀆聖だということで物議をかもした。全体の雰囲気が、まるでマドリードの市場のようにやたらに騒々しくて聖人の説教どころの感じではまったくなく、それに、たとえば前掛けをして腰に赤い帯をつけた何かの売り子か下女と覚しい女の背中に羽根が生えていて天使であるということになっているにいたっては、御堂としてもあわてたものであろう。おそらくこの下ぶくれの女中天使も、当時はどこそこの誰、というふうにアイデンティファイをすることが出来たものであろう、そう思われる。

要するにマドリードのマホでありマハである。アントニオ聖人の奇蹟は、元来リスボンで行われるのであるけれど、そんなことはこの餓鬼大将の知ったことではない。十八世紀も末に近づくと、宗教的壁画は一つのキマリが出来てまるで面白くなくなるのである。しかしここに本当に生きている連中がいる。

この騒々しい、まことに愉快で、生きていることの愉しさと面白さを十全に感じさせてくれる自作を、ゴイコエチェア・ゴヤのごちゃまぜ遺骨が、その真下から眺めあげているのである。

しかも、その遺骨にはゴヤのアタマがなくて、彼のかわりにゴイコエチェアのアタマが見上げているとなると、私にしても哄笑は怪笑か妖笑になりかけるのであるが、それはゴヤの生涯にふさわしいと思えば、さして怪でも妖でもないと納得出来る筈である。

ところではじめにかえって、ボルドオ市には、だからゴヤの骨もゴイコエチェアの骨もなにもないのに、広大なシャルトルーズ墓地の糸杉の立ち並ぶあたりにゴヤの立派な墓があって多くの人が参詣をしている。私もその一人であった。

芸術家の運命について

今年、一九七七年の年頭は、私にとってもめでたいもののはずであった。

というのも、このところ五年がかりで朝日ジャーナルに連載をして来た、スペインの画家ゴヤの伝記の仕事が、昨年秋にようやく脱稿し、第四巻目の本も今年春には出るところまでこぎつけたからであり、この伝記は画家ゴヤの伝記であると同時に、私自身としての一種のヨーロッパ論でもあり、幼少のころから世話になって来たヨーロッパの文化文学への恩返しのつもりでもあったからである。

それにもう一つ、この七月には私も念願の六十歳に達するからでもあった。なぜ念願のなどと大袈裟なことを言うかといえば、戦時中に、いつ召集令が来るかと怯えて暮していた時には、せめて三十五歳くらいまで生きられたらなあ、と思っていたものであったが、思いがけず戦後にまで生き伸びて、その戦後の最中に三十五歳に達した時、その時はその時で、ダンテの『神曲』冒頭の、

われ人生の途、半ばにして……

という詩句を思い浮かべて、ちらと七十という数字が思い浮かんだ記憶があるからであった。そこまで達するには、もう十年の歳月をしのがねばならぬ次第であるが、まずはともあれ、ようやく十年というところまで、という感慨もあるのである。

武田、森氏、そしてマルロオ

こういう次第で、いささかおかしいが、自分で自分を祝ってもそれほど不思議でもない状況にあったはずであるけれども、その気にどうしてもなれないのであった。

それは、直接には、昨年秋に、ほとんどまとめて、と言いたいほどの衝撃をもって襲って来た親友、畏友の死であったろう。

武田泰淳、森有正、それに、彼らの葬儀を終えて、『ゴヤ』の仕事で世話になったスペインとフランスの専門家、学者たちにお礼かたがた訪れたヨーロッパ旅行中には、アンドレ・マルロオまでが死んでしまった。

マルロオ氏には、私はもちろん面識も何もなかったが、この問題の多い作家とは、やはり四十年来ほどの期間、彼の書き物と行動とにつき合って来たつもりである。この人は、しばしば私を悩ませた。一九三五、三七年の文化擁護作家会議などでの発言や、スペイン内戦での行動などは、若き日の私にとっても力強いはげましとなり、戦後に知った、彼の戦時中のレジスタンス活動もまた刮目《かつもく》をさせたものであった。

ところがその後の、アルジェリア戦争やベトナム戦争に対する沈黙と、ド・ゴール支持、その文化大臣、一九六八年の、いわゆる五月革命に対する弾圧参加などは私を苛立たせ、また美術関係の著作が多くなってからは、その恣意独断にもとづく、ほとんど口から出まかせと言いたくなるほどの著作にも、ほとほと悩まされたものであった。

しかしそういう彼であっても、その死が報ぜられ、その遺体が病院から運び出される写真が大きく新聞にのるとなると、私自身のなかでも、何物、あるいは何者かが運び出されるようにして消えて行くのを痛感せざるをえないのである。

まして、誰もいないヨーロッパのホテルの一室で、天井に、その種の〝死〟のイメージを見詰めていることは、楽なことではなかった。

この男はおれにとって何であったか、とにかく長い期間にわたって随分悩まされたな、厄介きわまりない男であったが、いまこうして死なれてみると、そういったたぐいの感想が次から次へと湧き起こって来て、夜中に外へ出て酒をでも飲まないと眠れなくなって来る。

私としては『ゴヤ』を書いていて、その八十二歳にも及ぶ長い、伝記作家にとっても長すぎるほどの全生涯につき合って来て、ついにその死を迎えて、Adiós Goya ゴヤよさらば、と書き記した時には、まことに茫然としてしまったものであった。

大作終えて身も世もあらず

実質のところでも、約十年にわたってつき合って来た主人公の死に接して、しかもそれからそれほどの時間もおかずに武田泰淳と森有正の二人に死なれたことは、実際言って身も世もない思いをさせられた。前者への弔辞の冒頭に、

「泰淳武田先生、寂しくなりました。――」

と私は書いたのであったが、本当に、寂しくなってしまったのである。

正月早々何を不吉な、と読者の方々からのお叱りがあるであろうことは、万々承知の上のことなのであるが、人生とは、と考えることもまた新年の計に入り得るものであろうと考えるので、無理をしてペンを原稿用紙に押しつけている次第である。

昨秋はひどい思いを数々させられたので、かくてはならじと、ヨーロッパへのお礼旅行を思い立って腰を上げてみると、ヨーロッパ論どころか、そのまんなかでマルロオの死を迎え、この彼もまた未完の作品を残しての死であったと知ると、つくづくと芸術家の運命、とりわけてゴヤ以降の近代芸術家の運命というものについて考えさせられる次第である。

喜びと心配――サルトルに会う

今回の旅のしめくくりに、朝吹登水子さんを通じてジャン・ポール・サルトル氏との私的な会談をおねがいしておいたのが実現して、近頃での数少ない喜びを味わったのであるが、その会話、それは歓談と言ってよいものであったけれども、ここでもしかし、やはりハラハラのし通しであった。

ほとんど失明状態のサルトル氏は、それでも明暗が茫と見える程度と言われる、残りの片目をノートに押しつけるようにして著作『権力と自由』の執筆中であり、私の要請に喜んで応じてくれて金芝《キムジ》河《ハ》氏へのメッセージをも書いてくれたのではあったが、話題に昂奮をしてくれれば血圧が上って来ることは目に見えていて、あまりに刺激的な話題は当方から避けねばならず、私としても〝アンドレ・マルロオが死にましたね……〟という一語が口から出そうになるのを、懸命に抑え込まねばならない。氏は、私の仕事が四冊で完結したことを朝吹氏からつとに聞いて知っていて、それを祝ってくれたが、そういう話題が出れば出たで、私としては〝それにしてもあなたのフローベールが三冊で中絶というのは残念です〟という返事が口から出ることを、なんとしてもつつしまなければならない。氏は、静脈瘤のせいで、歩行も容易ではないのである。

民主主義を追求――サルトル氏に気迫

私自身がサルトル氏に訊《ただ》したかったことは、実は次の一事に尽きるのである。

つまりは、フランス革命後にナポレオンによって創設された近代国家が、その暴力装置としての近代的国民軍をともなって、そこで開始をされた帝国主義と植民地主義の時代、しかもこの帝国主義、植民地主義がより〝進んだ〟近代化をもたらす、政治的には民主主義（フランス革命の実質内容）をもたらすと称して開始された近・現代の根本的矛盾が、たとえばベトナム農民の三十年にわたる抵抗とその勝利によって終焉を告げたものと見るかどうか……。

この一事に、私の問いは尽きるものであったが、これに対する氏の答えは、まことににべもないものであった。

「帝国主義のもたらす民主主義は、もとより真の民主主義ではないが、このパターンが続いたことは事実であり、それがベトナム戦争で終わりを告げたとは思わない。別の形のものが続くであろう」と。

言外に、われわれはまだまだ「真の民主主義」を見出すために戦い続けなければならない、そのためにも、自分も見えない目を紙にこすりつけても『権力と自由』を書く、というほどの気迫がこもっていると見受けられた。

私自身は、自身の現代終焉願望をにべもなく否定されてがっくりすると同時に、渾身の力をいま一度でも二度でも振りしぼって生き続けよ、と励まされた感をもったのであった。

金芝河氏へのメッセージも、そういう戦いの一環として「そのためにはあらゆる努力をする用意があります」として書かれたものであった。前記のテーゼに対する質疑と、金芝河氏の現況、それからちょうどその日（十二月九日）の数日前に行われた日本でのロッキード選挙の結果など、いわばごっちゃにして話し合ったものであったが、そのなかで、ふと彼がいわば脈絡なく、「しかし歴史というものがある。（Mais il y a l'histoire.）」とつぶやいた一語が私の胸に刻み込まれた。

私の考えでは、しかし、ヨーロッパが前記のパターンから次第に脱却しようとしていることは、まず間違いないように思われる。歴史というものがあるのである。

今回の旅では、フランス、スペインのほかにポルトガルをも訪れてみたのであるが、リスボンの空港はいまだにアフリカの旧植民地アンゴラ、モザンビークからの無一文で、国内でのあてのない引揚者でごったかえし、ホテルにも住むあてのない人々が泊り込んでいる。リスボンの街は左翼右翼の落書だらけで、その点では景気よく見えはするが町も村もさびれ果てている。

人々にも元気はなく、ポルトガル怨歌であるファドは、ますます怨みっぽく聞える。けれども、それでも何でも、やはり歴史というものはあるのである。

農・工業の国へ――変容するスペイン

一昨年の冬にスペインを訪れた時には、ちょうど独裁者フランコが死んだところで、あわやこの国は如何なることに相成るか、と思ったものであった。国内は火の消えたようにしんとしていて、それでいて、国境を一歩越えたフランス領バイヨンヌでは、同じスペイン人たちが、フランコ死んだ万歳、万歳で湧きかえっていたものであった。今回の旅でもバルセローナへ行けば、カタルーニアは如何にスペインではないかを熱烈に説かれる始末であった。

言うまでもなく紆余曲折はあるであろうし、血なまぐさいこともあるであろうが、また、たとえ「真の民主主義」ではないにしても、自由化の方向だけは確立されたと見てよいであろうと思われる。スペインは、かつての流血と「砂漠のアラビア」の別称のあった荒地の国から、次第に農業本位、工業中位国の、緑なすスペインへと変わりつつあるのである。

痛烈な風刺漫画――〝特攻輸出〟に悲鳴

私事からして、近・現代の芸術家や思想家の運命をつくづく考えさせられるというところから発して、ジャン・ポール・サルトル氏との私的会話に触発をさせられて、いまだに国家単位というものを解消しえない現代自体を考えるという、柄にもない大事に達してしまったのであったが、今回の滞在で、今度はわれわれの国のことに関して一つ考えさせられたのは、次のような漫画に接して、であった。

ヨーロッパという航空母艦が、バンザイと叫んで体当たり特攻（日本の輸出ドライブ）をかけて来る飛行機の下で悲鳴をあげている……という、そういう一枚の漫画であった。

われわれはいったいいつまで、こういう攻撃型の国家をもちつづけるのか、またもちつづけられるものなのだろうか、という一事である。

彼岸西風——武田泰淳と中国

やはり『審判』からはじめなければならないであろう。

私は終戦後の上海であった不幸な一青年の物語をしようと思う。この青年の不幸について考えることは、ひいては私たちすべてが共有しているある不幸について考えることであるような気がする。

この、一九四七年四月に『批評』に掲載された作品は長いものではない。「青年の不幸」とは何であったか。それが、「ひいては私たちのすべてが共有しているある不幸」に共通するとは、どういうことであったのか。

一九四七年という時点にあっては、この「不幸」は、その一青年の不幸であると同時に、いわば直線的に「私たちすべてが共有している」としてその「不幸」をその時点においての普遍として見ることが出来た。それはたしかに出来た。

けれども、その時から三十年後の今日では、その「私たち」は、現在の私たちのすべてではない。そこに私たちは、時間と歴史というものの経過の怖ろしさを、やはり、見なければならないものであろう。

「終戦」時の、一九四五年に生れた人々も、すでに三十数歳となってしまっているのである。かく書いている私自身にしても、現在の青年たちが、この短い作品を読んでみて、「この青年の不幸」を、「ひいては私たちすべてが共有している」不幸として考えてくれるものであるかどうかと自身に問うてみて、おいそれと返事が来ない自分を認めざるをえないのである。世代間の、いわば国民的時差の問題があろう。

されば、物語の筋道を要約したりしたのでは、作者の意のあるところも、また筆者である私の考えているところも、かえって伝わりがたいことになりかねないであろうと考える。

いささかならず長い、あるいは長すぎる引用をして行かざるをえないことを諒として頂きたい。

故郷では妻子もあり立派に暮しているはずなのに、戦場では自分をみちびいてゆく倫理道徳を全く持っていない人々が多かったのです。住民を侮辱し、殴打し、物を盗み、女を姦し、家を焼き、畠を荒す。それらが自然に、何のこだわりもなく行われました。私には住民を殴打したり、女を姦したりすることはできませんでした。しかし豚や鶏を無だんで持ってきたりしたことは何度もあります。無用の殺人の現場も何回となく見ました。武器を自由勝手にとりあつかい、誰もとりしまる者のない状態、その中で比較的知的訓練のない人々がどんなことをはじめるか、正常の生活にいるあなたがたには想像できますまい。法律の力も神の裁きも全く通用しない場所、ただただ暴力だけが支配する場所です。やりたいだけのことをやらかし、責任は何もありません。この場所では自分がその気になりさえすれば、殺人という普通ならそばへもよれない行為が、すぐ行われてしまうのです。一昨年の四月ごろ私は……

「場所」は戦場である。

戦場には、しかし、二つの場所がある。一つは、いわゆる前線、つまりは戦闘の現場であり、もう一つは後方である。そうしてここに描き出されている戦場は後者であり、戦場といわれているものの九五パーセントほどは、この後方なのである。

その路が広漠たる春の枯野に入ろうとするところで、二人の農夫らしい男がこちらに向いて歩いて来ました。

二人の農夫は、小さな紙製の日の丸の旗をもっていた。ということは、彼らが別の日本軍に使われていたということであり、旗だけではなくて、その別の部隊の長が与えた安全通行証ももっていた。

農夫たちは去って行った。

二人が歩き出すと分隊長はニヤリと笑い、小さな声で、「やっちまおう」と側にいる兵士にささやきました。

日の丸の紙旗を風に吹かせながら立ち去って行くこの農夫二人の背後で、青年の分隊は「おりしけ！」をして銃をかまえ、

「あたるかな」などと、兵士たちは苦笑したり顔をゆがめたりしながら射的でもやるようにして発射命令を待っています。……私は銃口をそらそうかとも考えました。射たないでおこうかとも考えました。しかしその次の瞬間、突然「人を殺すことがなぜいけないのか」という恐しい思想がサッと私の頭脳をかすめ去りました。自分でも思いがけないことでした。

何の説明も要らないであろう。

それはいわば真空状態にある人間的状況である。

あとで聴くと、兵士のうちの四、五名は発射しないか、発射してもわざと的をはずしていました。私と同じ小屋に寝る兵は「俺にはあんなまねできないよ。イヤだイヤだ」と告白しました。睡るまえに彼は私に「君は射ったか」とたずねました。「射った」と答えると意外だという表情で驚きました。「射ったよ。人を殺すことがなぜいけないのかね」と私はなおも言いました。彼は顔色をちょっとかえ、不快な面持で毛布にもぐりこみました。私はランプの明りの中で自分が

暗い、むずかしい、誇張して言えば恐しい顔つきになっているのに気づきました。が私は自分を残忍な男とはみとめませんでした。

青年は、かつて十四、五の頃に空気銃でガマを殺したことがあった。

私は真剣な顔つきで、敢えて自分の定理を試すかのように感情を押しころし、鉛のたまをあの黄色の泡をたてたような気味悪いガマの腹に射ちこみました。自分の感情を支配してしまう決意、ともかく無理をおし切ってやる気持です。百姓の背中を射った時にも、それによく似た一種の無理な気持がありました。その気持をいだいた時の感覚だけがポツンと残っていました。

青年は分隊とともに、より前線に近い見わたす限りの麦畠の地帯へ進出する。そこに一つの村があった。村の家屋も泥壁、村をとりまく防壁も泥である。住民は逃げてしまって一人もいない。兵士たちは砂漠にとりのこされた旅人のようなものであり、この村には食糧も何もない。従って兵士たちは大根や蕪をもとめてかなり離れた隣の部落まで出掛けて行く。家は密偵の潜入を防ぐために焼き払う。燃えのこった小屋のようなものにも火を放つ。そういう家々や小屋からはなれた一軒の小屋が燃えのこっていた。

その小屋の前には老人が二人うずくまっていました。白髪の老夫婦でした。……老夫は盲目でした。老婦はつんぼだったようです。……

私はなおも老夫婦を見つめたままでいました。「どうせ死んじまうのかな」私は銃を握りしめながら考えました。「きっとこのままじゃ餓死するだろうな。もうこうなったら、いっそひと思いに死んだ方がましだろうに」私は老夫婦を救い出す気は起りませんでした。ただ二人はこのまもう死を待つばかりだろうと漠然と感じました。いつか私を見舞った真空状態、鉛のように無神経な状態がまた私に起りました。「殺そうか」フト何かが私にささやきました。……ひきがねの冷たさが指にふれました。私はこれを引きしぼるかどうかが、私の心のはずみ一つにかかっていることを知りました。止めてしまえば何事も起らないのです。ひきがねを引けば私はもとの私でなくなるのです。その間に、無理をするという決意が働くだけ、それできまるのです。もとの私でなくなってみること、それが私を誘いました。

ひきがねは引かれた。

死ぬことと、殺す、あるいは殺されることとはまったく別のことである。

この恣意にもとづく殺人の唯一の目撃者であった伍長は、その後に戦病死をしてしまう。従って、その行為を知っている者は、殺人者であるこの青年唯一人しか地上にはいないのである。

戦争は終った。

私は考えました。自分は少くとも二回は全く不必要な殺人を行った。第一回は集団に組して命令を受けたのだとしても、第二回は完全に自分の意志で、一人対一人で行ったものだ。しかも無抵抗な老人を殺した。自分は犯罪者だ、裁かるべき人間だ、と。しかし私は平然としている自分に驚かねばなりませんでした。

青年は、父と婚約者の鈴子のいる上海で現地復員をして来る。

鈴子との愛の生活は幸福そのものであって、祖国の敗亡などということも事も無いことでしかない。

私はある日、寝ながら、こんなに愛しあっていて、一緒に暮すようになり、そして老年に至るまでの二人のことを考えていました。二人とも丈夫で、幸福で、やがて老人になる、そして、などと自分の楽しさを味わっていたのです。その時突然、私は自分の射殺した老人夫婦のことを想い出しました。そして私が老夫だけを殺して、あとに老婦を残しておいたことに気づきました。

この老夫婦と同じ運命が、青年と鈴子の将来に待っていないとは、誰にしても言い得ぬことである。

ただ鈴子のことを考えた場合、サッと冷水をあびせられる感じがしました。それは私をおびやかす力がありました。馬鹿々々しいとは考えても、鈴子と会ったあとなどフトこの考えの影が射します。自分の身の上には無責任でいられても、鈴子を不幸にはできません。それが私を暗くさせました。鈴子は無心に愛してくれても私の実態を知らないのです。私は、事実を話さないでも二人の仲はうまくゆくとは思いました。しかし話した方が良いのだ、という声がありました。「話す」ことには無理があり、抵抗があります。しかしそれをやってしまいたい気持が常にうごきました。ちょうどガマを殺す前、老人の頭に向かってひきがねを引く前と同じです。話さないでおけばそのままです。だがそのままですまされないある不思議な衝動がありました。

分析は容易なことではない。

彼はここで、三つの「無理」をしているのである。ガマを空気銃で殺した時と、老人の頭に向かってひきがねを引いた時と、そのことを愛する婚約者に「話す」、話したい、話さねばならぬという、三つの場合において、である。はじめの集団殺人の場合をも含めればそれは四つになるのであり、最後の、婚約者にそれを「話す」ということは、とりもなおさず彼らの愛を殺すという結果を来たし、精神的に婚約者自体を殺すということにもなる。

青年は、それを話し、彼らの愛は終りを告げる。すなわち、もう一つの実体の定かではない殺人行為が加わるのである。

私には鈴子を失った悲しみとともに、また自分はそれを敢えてしたのだという痛烈な自覚がありました。そして今までにない明確な罪の自覚が生れているのに気づきました。罪の自覚、たえずこびりつく罪の自覚だけが私の救いなのだとさえ思いはじめました。それすら失ってしまったら自分はどうなるか、とその方の不安が強まりました。自殺もせず、処刑もされず生きて行くとすれば、よりどころはこれ以外にないのではないでしょうか。

婚約者にそれを「話す」という「無理」を敢てしても、その後の「自覚」が訪れてから一月ほどして、この婚約者の父の、熱心なキリスト教徒である人が訪れて、青年に、「それで君は今後どうするつもりか」とたずねる。

私は、中国にとどまるつもりだと答えました。日本へ帰り、また昔ながらの毎日を送りむかえしていれば、再び私は自分の自覚を失ってしまうでしょう。海一つの距離ばかりではありません。自覚をなくさせる日常生活がそこに待ち受けているからです。私は自分の犯罪の場所にとどまり、私の殺した老人の同胞の顔を見ながら暮したい。……しかし私のような考えで中国にとどまる日本人が一人ぐらい居てもよいではありませんか。その答えをきくと、鈴子の父上は微笑されました。そして「君のような告白を私にした日本人はこれで三人目だ」と言われました。「方法はちがうが、みんな自覚を守りつづけようとしていなさる」そう言って父上は帰られました。私は自分が一人でないことを喜びました。

あの当時、このような「自覚」をもって中国にとどまった日本人というものは、いたかどうか。それは、現実の問題として充分にありえたことであった。

当時、武田泰淳とともに上海にあって、先に帰国をした武田を私は見送ったのであったが、私もまたそういう一人を知っていた。彼は引揚船が来る毎に、埠頭近くまで来て物蔭からその引揚船が港を出て行くのを、いつまでもじっと見送っていたものであった。彼は引揚船が来る毎に、必ず来ていた。その表情の、極端に暗く、かつどこかしら妙な具合に明るいことは、彼の内心の葛藤の凄惨さを物語っていたと思う。

言うまでもなく、私はそういう彼に、彼の側での事情を訊ねたりしたわけではない。しかし引揚船が来ると必ず来て物蔭にいた彼のことを、その暗澹たる表情を、三十数年後の現在でも私はありありと思い浮べることが出来る。彼においての事情は何一つ知らないのではあったけれども、当時の私としても、ああこれは「中国にとどまるつもり」でいるのだなとは、直感出来たのである。

そういう「自覚」をもった青年たちが、たとえほんの少数であるにしても、たしかにいたのである。彼らは、たとえば武田泰淳のように中国を愛敬し、中国文学を愛し、畏敬と研究の対象としていなかったとしても、それぞれの人間的動機からして「とどまる」ことを選んだものであった。

それは、あるいはとどまるためにとどまったようなものであるかもしれず、そうすることが裁きを受け、罪のつぐないをすることにならないかもしれない。けれども、「自分の裁きの場所をうろつくこと」では、それはたしかにありえたのである。

そういう日本人の青年たちがたしかにいたのである。彼らがもしまだ生きているとして、すでに六十歳前後である。

戦後の武田泰淳の根源には、こういう「審判」が厳として盤踞していた。うろついて、あげく死んで行った者たちも、おそらくは一言も言挙もせずに、黙って死んで行ったものであろう。

彼の、上海もの、あるいは中国もの等として分類されているかもしれぬ作品群の根柢には、動かしがたくこの「審判」がひそんでいた。またこの「審判」は、以上に私が長々と引用をして来たことに見られるように、一見割に淡々として語られているものではあったけれども、その内実は淡々どころではないのであって、その表裏、前後左右、上空、地下の地獄と極楽は、単に上海もの、あるいは中国ものなどにとどまらず、彼の全作品にその苦痛と、カタルシス、彼のことばで言えば地獄と極楽が、時には低く、時に轟然として、また時には鏘然と響きわたっているのである。

こういうものを書いていると、私には、彼が冥界から声をかけて来て、

「堀田君、そういうことはもういいんだよ、無理して書かなくてもいいんだよ」

と語りかけるのを私は耳にするのであるが、今日の国民的時差の問題を考えるとき、やはり無理をしても書いておかなければならぬと思うにいたるのである。

とりわけて、かつての中国や朝鮮などの旧植民地で幼年時代を送った人々の、一種の郷愁の感をともなった甘やかな書き物がもてはやされる時節にあっては、永遠にうろつく、彷徨者の影をいまに呼びおこしておくことも無駄ではあるまいと思うのである。

彼の死後に、私にもっともしばしば訪れる彼は、私と一緒に、一九四五年の春、まだ日本軍の占領下にあった上海で、一つの芝居を見に行ったときの彼である。それは、漫才からレビュウ、奇術、サーカス、各種の芝居、スリにキンチャク切りなどを一つのビルディングに詰め込んだ「大世界《ダスカ》」な

るところで一緒に見た革命劇、『秋瑾伝』を見ていての、その幕切れ近くのことであった。清末の女性革命家秋瑾が、鉄鎖をひきずり、赤い獄衣をまとい、黒髪を長くたらして舞台にあえぎあえぎ出て来た。

武田氏は私の脇を小突いて、じつに嬉しそうに（と私には見えた）囁いたものであった。

「いま言うよ、いま言うよ」

と。

いま言うよ、という、そのセリフは、例の「秋風秋雨愁殺人」というものであり、女優はまさに咽喉から声をふりしぼって、

「チョウ・フォン、チョウ・ユイ、チョウシァーレン！」

と絶叫をしたものであった。

そのきまり文句を耳にしながら、昂奮に頬を染めていた武田泰淳はひどく幸福そうに見えたものであった。彼もまだまだ若かったのである。私は二十八歳くらいであったであろう。

秋風秋雨人を愁殺す。

おわりに、もう一つ引用をしておこう。それは私と彼との対話の結びの部分である。（朝日新聞社刊『対話　私はもう中国を語らない　武田泰淳　堀田善衛』より）彼が彼自身を語っているのである。

ぼくの場合はだね、中国に対してひとつもいいことをやったことがないやね。いくら中国人が

そうでないといってくれてもね、ぼくは害を与えたことはあっても、益を与えたことはない。それは歴然たることで、しかも、ことは取返しのつかないことなんだ。ぼくだって、いいことをやりたいという気持はあるんだね。しかし、それでもできないかも知れない。できないというほうが、可能性が多いよね。だから、ほんとはね、もしぼくが正しい人間であるならば、中国を守るために死ぬべきなんだよ、ほんとうは。……だって、それでなきゃ、ぼくにとって中国というものが、もうけ仕事になっちゃうからな。だから、もし日本へ来た中国の代表が、刺客に襲われたら、その前に立ちふさがって、ぼくは身を挺して中国の人を守る。それがほんとうだよ。それができないから、ああだ、こうだ、いってるんだけれどもね。それよりほかに、自分の正しさを立証することができないでしょ。中国人を殺したほうの側に立っている人間が、中国人を守るために殺されるのが順序だろうね。それがなければ、どんなことをいったって、ウソになっちゃう。

……

だからぼくの地獄であり、極楽であるわけで、地獄往きにせよ極楽往きにせよ、最後の瞬間は、中国の方角からやって来ると思うんだ。

大きな国民的時差——それが歴史というものでもあるのだろうか——が介在しているために、今日ではすでに、かかる人生の積極性というものも、まるごとにはのみ込めなくなっているものかもしれない。またこういう考え方は片端な思考であるなどと言う世間人もいるであろう。それは、そう言わせておけばいい。

さもあらばあれ、真の意味での戦後の歴史というものが成立するための根柢に、かかる地獄があったことまでも忘れられてはなるまい。

私もまた、引揚船が来る毎に上海の埠頭をうろついていた青年の面影を書こうと思ったことが何度かあった。しかし、彼の『審判』一篇で足りると、思い、書くことを思いとどまったものであった。

彼岸西風ということばがある。

冥福を祈る。

ラ・バンデラ・ローハ！（赤旗の歌）

村を左右に分けている、カンカン照りの一本道を男の子が一人、歌をうたいながら歩調をとって歩いてくる。

甲高い歌声を聞いていて、その繰り返し（リフレーン）のところの、

——ラ・バンデラ・ローハ！

ということばを耳にして、私はほとんど愕然として、昼寝のベッドから起き上った。

——ラ・バンデラ・ローハ！

それは約三十七、八年も前に、私もがうたったことのある歌である。それとメロディがまったく同じなのだ。あのときはたしか、ラ・バンデラ・ロッサ！　とイタリア語で歌ったものであったと思う。

誰からどう教わってそういう歌を覚えたものであったかはもう記憶にはないのだが……。

たった一人ではあるけれども、子供は歩調をとって、なおも歌いながら行進をして来る。

——ラ・バンデラ・ローハ！

私は部屋から飛び出して行って、そのただ一人の行進をしている男の子をつかまえ、誰にそんな歌

を教わったのだ、と苦心サンタンをして訊ね、また苦心サンタンをしてその男の子の返答を聞く。おじいさんに習ったのだが、そのおじいさんはつい近頃死んでしまった、という由であるらしいのである。

ラ・バンデラ・ローハとは、要するに、赤い旗、赤旗という意味であり、この歌と、四十年前のスペイン内戦とは切っても切れぬかかわりがあるのである。

その歌を、一九七七年夏のいまのいま、七つか八つの男の子が、たった一人で歩調をとって歌いながら行進をして行く。

肩に鉄砲をこそかついでいないけれども……。

そう言えば、つい四、五日前の霧雨の降る寒い午後に、村の教会の鐘が、低く、高く、低く高く間をおいて鳴り響き、何か不吉な感を与えたものであった。そうしてその明くる日の朝、村人の一人が訪ねて来て、パコじいさんが死んだから、あなた方も村人（プエブロ）として葬儀に参加してほしい、といいに来たものであった。

私どもはもって来た衣装をひっくりかえしてなるべく黒っぽいものを着、私はネクタイを一本しか持っていないので、仕方なく赤のネクタイをして出掛けた。けれども、葬儀はきわめて非形式的であって、だれもが普段着のままであった。私どもは非キリスト教徒なので教会には入らず、外で待っていた。

パコ（フランシスコ）じいさんは、八十四歳で、村でたった一人英語の出来る村人で、私どもには貴重なおじいさんであった。ほかに、マドリードから来ている別荘の人で、五、六カ国語の出来る人はいるのであるけれども。

パコおじいさんは、ニューヨークに十五年いた、と私に語っていたが、その曾孫が、

――ラ・バンデラ・ローハ！

と歌ってただ一人の行進をしていた男の子であったのである。

そのおじいさんの若い頃の経歴などを聞くほどの親しさになるには、時間が足りなかった。けれども、生涯の終わりに近く、曾孫の男の子に、「赤旗の歌」を教えて、何度も繰りかえすけれども、ただ一人の行進をさせるとは……。

その後に、村人たちの話を総合してみると、やはり、パコおじいさんは若き日に、近くの鉱山で働き、献身的なアナーキストとして活動をしたものであった。一九世紀末からのスペイン・アナーキストの特筆すべき特徴は、その道徳的、と言うよりはむしろ宗教的なまでに身を持するに厳格なことであった。組合の幹部になれば、決して報酬は受けず、酒もタバコも飲まない、女郎屋にも上らず、オルグに際しての旅費も必要最低で、犯罪者に対しても寛容である等々の戒律を厳守していたものであった。この最後の条件が、職業的テロリストの介入を許すことにも結果としてはなったのであるけれども。

私個人としては、スペイン・アナーキズムというものは、このカトリック専制国内での一種のプロテスタント（抗議派）であったというように考えているのであるが。

四十年前の残酷な内戦の記憶は、まだまだなまなましいのであって、それはわれわれの敗戦の歴史についての記憶などの比ではないようである。その記憶が、私どものかりそめの宿となったこの小さな村の底にも、左右ともどもに、しっかりと——という表現は妙に聞こえるであろうけれども——澱んでいるのであって、フランコ死後といえども、決して派手に爆発したりすることもなく、一種の政治的制動機として作用をしているようである。小さな村での憎悪怨恨その他その他のことどもは、外国人に話せるようなことではありえない。人々はひっそりといわば息を詰めて、いわゆる〈民主化〉の成り行きを見詰めているもののようである。

去る六月の総選挙の際には、世界中から数百人の——特に日本からは数十人もの——ジャーナリストが、事あれかしと詰めかけたもののようであったが、さしたる事もなかった。この国の人々の息の詰め方に触れられなければ、どうやら何事も地についたことはわからないのであるらしい。

パコおじいさんにしても、フランコの死後に敢てした事の一つは、わずかに曽孫に、

——ラ・バンデラ・ローハ！

の歌を教えたくらいのものであったのであろう。組織の人々以外は、みな、黙っているのである。

政治革命はともかくもとして、風俗革命の方は、一気に世界なみのところにまで達し、女性の服装などにしても、お祭りの際は別として、別にスペインにいるという気はしないのである。しかしそれも、十五年前には考えられないことであった。

十五年前にも、私は娘をつれてこの国を旅したことがあった。その時は、ショートパンツをはいた娘が、お坊さんにつかまり、警察へつれて行かれそうになったものである。その当時、ビキニの海水着など考えられもしなかったのに、いまは地中海の海岸にはヌーディストのクラブまである。

教会の力もまた、世間並みとなり、映画館に張り出してあった教区司祭の、四項目、あるいは五項目にわたる禁止警告なども姿を消した。

しかし、戦前の日本でさえ考えられないほどの、ほとんど領主制といったほどの大地主制度を残し、それに手をつけられないままの〈民主化〉というものが何を意味するか、ペセタ切下げ以後の、この国の政治的、経済的前途についても、人々は息を詰めて注目をしているもののようである。

村の男の子の甲高い歌声が、私の耳にこびりついてはなれない。

——ラ・バンデラ・ローハ！

（九月七日、マドリードにて）

樫の木の下の民主主義に栄えあれ！

昨年の初夏、フランスから北スペインのバスク地方へ入って来てはじめてスペインの新聞を買ったとき、その第一ページの見出しを見ておどろいたことがあった。その大きな活字の見出しは、

『ゲルニカ』をゲルニカにかえせ！

というもので、このバスク地方の小さな町の町長さんの声明がそれにつづいていた。その声明によれば、ゲルニカは、一九三七年四月二六日の、市場のたつ月曜日に、フランコ指揮下のナチ・ドイツの空軍によって、約十万ポンドの焼夷弾と高性能爆弾によって破壊され、当時約七千の人口のうち、婦女子や司祭、尼僧なども含む二千五百人を越える死傷者を出した。それ以後の四十年間、歴史と伝統に輝くバスクの自治権は奪われたままで、今日まで耐えて来た。しかも中央からの援助もさしてないままに、われわれは営々として町の再建のために努めて来た。ピカソのかの傑作『ゲルニカ』は、ナチス・ドイツの鬼どもによる無差別爆撃によるわれわれの父母の苦難を描いたものである。

しかるが故に――というこの論理の飛躍も如何にもスペイン的なものであるが――『ゲルニカ』はゲルニカに属する。『ゲルニカ』はゲルニカにこそかえされるべきものである。

町長さんの声明はたしか右のような趣旨のものであった。私はこれを記憶によって書いているので誤りがあったらお許しをねがわねばならないが。

ところでこの問題の『ゲルニカ』は、現在はニューヨークの近代美術館にあるのである。私もかつてこれを見に行ったことがあるが、それは今から考えてみても、如何にも仮の宿という感じで、この美術館の二階の階段の上り口のところに掲げてあって、なんとも見にくい位置にあった。その階段の踊り場は、この大作の全体を眺めるには狭過ぎ、後退しようとすれば階段を下りなければならず、階段を下りれば、手摺が邪魔になってやはり全体が見えない、という具合のわるいことになっていた。むしろ、この大作のための下絵の方が、この作の裏の部屋のなかにあるために、そちらの方が優遇されている感さえあったのである。

私はこのゲルニカの町長さんの声明を読んで、なるほどニューヨークの近代美術館は、あれは仮の宿なのであったか、とひとりで納得をしたものであった。

しかし、『ゲルニカ』の帰属をめぐる問題は、町長さんの考えるほどには簡単ではないらしいのである。まずこの大作は、一九三七年のパリ万国博覧会に際して、スペイン共和国政府館のために壁画を描くようにと、共和国政府からピカソが依頼されて描かれたものであった。従って第一義的な所有者は、スペイン共和国政府であったであろうが、それはフランコによって叩き潰されて存在しない。

一九三九年にこの政府が存在しなくなったとき、ピカソはこれをニューヨーク近代美術館の要請によって、〝貸与（ローン）〟するというかたちでこの市へ移すことを許可したものであった。爾後この絵は、あの窮屈な階段の上に掲げられてそこを動いたことがない。

しかし、現在〝共和国〟ではないにしても、主権在民の王制をとり、フランコ時代に抑圧されていた人権の自由化が実現した段階へ来ては、この国の世論も黙ってはいられないのである。

それはどこへかえされるべきであるか。

もう一つしかし、ピカソの遺志の問題が別にあるのであった。フランコ政権の末期の一九六九年に当時政府がこの大画家に対する和解と敬意を表明するために、この作品の故国への帰還を要望したことがあったらしいが、これはピカソ自身によって拒否された。そうしてこの時点で画家は遺言書を作成して、これを彼の弁護士に託したのであった。この遺言書の主文はまだ発表されたことはないようだが、そのなかに、「ゲルニカとその下絵の類は、スペイン共和国に属する。」と明言してあるとその弁護士は言明をしている。

だとすれば、つまりはこの遺言を文字通りに解するとすれば、現在のファン・カルロス王制政府にはその資格はないことになる。

けれども、そこにこそ、独立不羈にして譲ることなきスペインかたぎというか、特に長く迫害に耐えてきたバスクの人々の魂から発するものが、中央政府などというものをスッと超えて、実に生ま生ましく、目に見えて発揮されるのである。マドリードの政府にその資格がないならば、ゲルニカの町にそれをかえせ！　という次第になる。

それはかつて、一八〇八年にナポレオンの軍隊が侵入して来たとき、マドリードの政府があわてふためき壊滅状態になっていた、そのときに、この市近郊のモストーレスという寒村の村長さんが敢然として、モストーレス村一個としてナポレオンに対して宣戦布告をした、という歴史的事実を思い起こさせるのである。

それはまた、この国の、村や町、あるいは諸地方の強烈な自治への、ほとんど本能的と言いたくなるほどの要求を想起させ、フランコの独裁政治というものが、その裏側を衝《つ》く強権政治であったという理解へも、いわば裏側から導くものであろう。自治への度を越した要求は分離主義を招き、それは国家解体への傾きを生むであろう。またこの自治への翹望は一方ではアナーキズムへの温床にもなりうるのである。

さもあらばあれ、ピカソの遺言執行にあたる弁護士は、画家の「スペイン共和国に属する」という言葉を広義に解しようとしているもののようであり、またニューヨークの近代美術館も「所有権はわれわれにはない」と明言しているのであってみれば、返還はいつの日か実現するであろう。

けれども、そこまで行くにはまだまだ凸凹の道を辿らなければならないようである。というのは、弁護士のほかに、画家の遺族の意向もあるであろうし、またもしかえって来たとしても、どこに掲げるか、という問題もある。プラド美術館は、古典絵画を主とし、この美術館の別館である十九世紀スペイン美術館が適当であるという主張もあるようである。

『ゲルニカ』のことはともかくとして、現実のゲルニカの町は、カンタブリカの海岸にほど近い、樹木のゆたかな山間に、この無差別爆撃の思想がついには広島・長崎への原爆攻撃を招いたことなども知らぬげに、惨禍のあともよく再建されて、彼らのバスク自治権を表象する議事堂は神聖な場所として扱われ、またその自治権の古典的表象でもある樫の木は、現在のそれはまだ若い木ではあるものの、それもまた神木に近い敬意をうけているのである。かつての大木はいまは自治記念館に大切にその幹の一部が保存されている。かつてその木の下にバスクの長老たちが集まって衆議を決したものであった。

私としても、樫の木の下の民主主義に栄えあれ、と一言呟かざるをえなかった。

——樫の木の下の民主主義に栄えあれ！

（マドリードにて）

世界・世の中・世間

もう十数年も前のことであるが、ある作家といっしょに、ある外国を旅行して歩いたことがあった。ホテルで、その友人の作家と話をしているうちに、彼が目を伏せて、ぼそりと言った。

「こうして毎日旅行をしてあるくと、一生懸命働いている人がバカみたいに見えるね」

と。

それはたしかに極端な言い方というものである。目を伏せてでも言わなければ言えないような言い方というものでもある。とりわけて〝バカみたいに〟という表現を文字通りにとってはならないかもしれないのであるが、そこに、しかし、何程かの真実が含まれていることもまた否定しがたいのである。

どこのいかなる土地であれ、そこに定住をして材木を引っ張ったり、川や海に網をうったりしての、それぞれの生業をいとなみ、貧富いずれにしても生計の道をたてている人々と、その土地にさしたる、直接の用もなく、何の責任もない旅行者とでは、せいぜいのところで、同じ人類というものに属しているというくらいのかかわりしか生じないのである。それがわるいなどと私は言っているのではない。

人はときに自分の定住の地と生業をはなれて、責任のない目で人々の生活のありさまを眺めてみることも必要なのである。すなわち、自身の定住の地においての、一生懸命に働いている、そういう自身の姿そのものが、行きずりに通りかかった旅行者には、〝バカみたい〟なものに見えるかもしれないことを知るだけのためにも。

私のような文学の仕事に従事している者にとって、如上のような人間生活の在り様を翻訳してみるとすれば、それは、いわば定住者の文学と旅行者の文学ということになるであろうと思われる。たとえばその旅行者が作家であった場合、その土地のことを、どの程度にでも調べ、観察し、その上でそれを何等かの形で書いたとしても、モデル問題などというものは生じないであろう。

けれども、定住者がその定住者同士のことを書く場合には、必ずやどの程度かにおいてモデル問題というものが生じているのである。モデルにされた人がそれを問題とすると否とを問わずに、それが実在することだけは疑えない。

言うまでもなく、旅行者といってもそれは千差万別であって、行き先に、たとえば商用などというビジネスの仕事のある人などは、本来的に旅行者であるかどうかと問われなければならぬようなものであろう。そういう人は、行き先での定住者と責任のある応対、接衝などをしなければならないのであってみれば、決してその対応者が〝バカみたいに〟見えたりする筈はない。

しかも、虚構のなかを浮遊して行くかのような、いわば純粋旅行者というものがもしあるとすれば、彼は旅先で何を見、何を観察するか。旅先で接する人々が、もし同じ人類の一員というほどの関係としてしか関係して来ないとすれば、必然的に彼の見る、あるいは観察するものは、それを見聞するおのれ自身の反応というものになるであろう。

あるときに私は、ある西洋音楽の専門家と話していた。その専門家が言うには、西洋の家というものが石造のそれであるからして、音が外に洩れない。だから西洋の音楽家たちは自宅で思う存分の練習が出来るのではないか、と。この人も何度もヨーロッパに旅行をしたことのある人である。

そういう話、あるいは説を聞いて私はびっくりした。私もヨーロッパの石の家のなかに住んでいたことがあった。それは石造のアパート様の建物であったけれども、石は石でも石は側壁（ガワ）だけのことであって、床と天井は石ではない。御承知のように、西欧の中流以下のアパートの床＝天井というものは意外にヤワにつくられているのであって、建物が古いと、床は歪んでいたり、傾斜をしていたり、ときには歩くと揺れたりさえしかねないことがある。しかも、もし階段が石造りであったりすると、それは音に対して煙突のような作用をし、ドアーをバターンとやれば音は全階にひびくのである。

従って、多くの国において定住者たちはそういう音に対して極めて神経質になっている。天井にひびく階上の足音、掃除をするに際して家具をひっぱりつけたり、引きずったりする際の音などには、時として耐えがたい思いをさせられる。人々は音をたてないように、たとえて言えば息を殺して暮すというような次第になる。私は日本での、タタミと靴をぬいで暮す暮し方は、音に対する安全保障としては実によく出来ていると思う。

しかし、国、あるいは地方によっては、音に対しての気の配り方には、大きなバラツキがある。たとえば、近頃私どもがいたスペインなどは、これはもう音に関しては始末におえないのである。友人のある画家は、音を消してテレビジョンを見ている。どうして音を出さないのかと問うと、なに、隣家のテレビの音がつつ抜けだから、自分のところで音を出さないでも大丈夫だ、と言う。私どものいたアパートでは、筋向いの若夫婦がステレオを買って来たかと思うと、三日ほどはヴォリュームを最大限にあげて鳴らす。つまりは、ステレオを買ったゾ、という、隣近所一帯に対するデモンストレーションなのである。あまりの騒々しさに私が抗議に行くと、

——このステレオは日本製なのに……。

と言う。

あるときウィーンに住んでいる友人が訪ねて来てくれたので、音に関しての愚痴を言うと、彼が言うには、ここ（スペイン）の方が開けッ放しでいいのではないの、と言う。というのは、ウィーンなどでは誰も彼もが音に関して極度に神経質になって暮しているので、同じアパートでも誰が何をして暮しているのかわからぬほどで、しまいには不気味になって来る、と言うのである。

先の音楽の専門家は、おそらく一流のホテル暮しだけをして、石造の家を外部からだけ眺めて、つまりは石の家は音を遮断するであろうという、自分自身の信念（？）だけを西欧にあって観察していたものであろうと思われる。

石造の建築物は、壁と、床＝天井のつくりがよほどしっかりしていてくれないと、それは騒音の巣になりかねないのである。しかもそのもっともよい例は、ほかならぬ教会や大聖堂でパイプ・オルガンの演奏を聞かれるときに実証される筈である。教会、大聖堂は、大旨、床と天井しかない石造のガ

ランドウであり、されればこそパイプ・オルガンは嚠喨《りゅうりょう》として堂宇一杯に響き渡るのである。

日本の建物が開放的であるから騒音に対しても開放的であるということにはならないであろうと思う。タタミと靴をぬいだ生活は、騒音の遮断には上乗であろうと思われる。わが国での騒音は、それこそステレオやテレビ、ラジオなどの機械によって再生産されたものが多すぎることにあろうと思われる。

ついでにもう一つ。タタミと靴をぬいだ生活は、赤ン坊を育てるにも都合がいいということがあるであろう。というのは、丁度ハイハイをする頃の赤ン坊は、西欧では、如何なる上流階級のそれであろうとも、大人たちが靴をはいて歩く床を這ってあるくのであるから、その小さな掌やヒザ、額などはみな真ッ黒に汚れている。あれは衛生的ではない。

もっとも、西欧では子供は人間扱いを受けていないということも言えるのであるかもしれない。一種別の生物扱いをしているのではないかとさえ思われることがないではない。子供がおとなしいと同じ程度に、犬どももおとなしいのであるから。

しかしそのおとなしい犬を、ヨーロッパから日本へつれて帰ると、本当に途端に家族以外の人に吠えついたり、他の犬にケンカを吹っかけるのは、あれはどういうわけのものなのであろうか。

一度動物学者に聞いてみたいものである。

世界もまた世の中であり、世間なのである。もはや〝外国〟といったことにあまりこだわりすぎることもないであろうと思う。私としては、自分の仕事さえ出来ればどこにいてもいい、またどこで死んでもかまわぬと思っているようである。それに、ことばの不自由さということにも、それほどこだわる必要はないように思っている。定住とまで行かなくても、住みついてしまえばどこのことばでも、生きて行くに必要な程度には、誰にしても覚えてしまうものである。私の家内などははじめスペイン語を一つも知らずにいて、別に教師につくこともせずに一年半いて、しまいには買物に行って値切るということまでやってしまったものである。

私自身スペインに住んでいて、町に散歩に出て、ときどきは、なぜこうもスペイン人ばかりいるのだろう、と首を傾げるというおかしなことになったこともある。

また私どもが住んでいた頃に、夕方の子供用テレビの番組に、日本製の〝水滸伝〟というものをやっていた。これが終った頃に散歩に出ると、近所の子供たちがいっせいに〝チーノ、チーノ（中国人）〟とはやしたてる。それで私は〝チーノではないぞ、ハポネス（日本人）だぞ〟と言って、買物籠を振りあげて追いかけまわしたりしたものであった。

それは遊びである。けれども、一度〝なぜチーノではないのだ、なぜハポネスなどであるのか？〟と子供に反問されて、ぐっと閉口をしたことがあった。人々のなかに、世間に融け込んでしまえば、世界もまた世の中であり、世間であるにすぎないのである。こだわりを捨てることである。

思うにこだわりは、むしろ本国――われわれの場合には日本――から伸びて来ている見えない紐、あるいは綱によってがんじがらめにされている場合に、どう仕様もないものとしてまつわりつくようである。

ある商社員の場合、である。夏の休暇の時期に入って、アパートのブラインドを朝から晩までおろし放しにして、昼間から電灯をつけて暮している。どうしてそんなことをしているのかと訊ねると、アパートのまわりじゅうの家族がみなバカンスでどこかへ旅行に行ってしまい、ほとんどの部屋がブラインドをおろしている。けれどもこの商社員のつとめている東京の本社は、決して一週間以上の休暇をくれない。従ってブラインドをおろしてでもいなければ、恥かしくて夏のさなかに町なかにはいられないのだ、と言う。

情けないはなしではあるが、これが実情のようである。

バス（風呂）にお湯を入れたままで東京からかかって来た電話に出て、部屋じゅうを水びたしにしてしまったりもしているのである。

しかし世界もまた世の中であり、世間であるにすぎぬと覚悟出来るためには、一つの必須の要件があると思われる。

それは、自国の歴史を徹底的によく知ること、また相手国の歴史をも、ひょっとしてその当の国の並みの人々よりもより一層に深く広く知ること、である。そのための手だてには事欠かぬ筈である。しかもその上で、何をどう見るかという視点の問題もあるかもしれない、と付け加えておきたい。文化、文明に生粋なものなどはありえないのである。文化、文明は、すべて異質なものとの衝突、挑戦、敗北、占領、同化、異化、克服の歴史なのである。たとえば、奈良へ行ってそこに何を見るか。そこに純粋な日本を見る人は、逆立ちをした旅行者のようなものであろう。むしろそこに、印度、ペルシア、中国、朝鮮の文化、文明の波が押し寄せて来て、その波の遺して行ったものを見る人の方が健康な目をもっていると言える筈である。

そういうところからはじめての歴史についての知が肉眼の裏打ちとなってくれたら、異和感のあるものについての、その異和の根元にあるところのものについて納得が行く筈である。

たとえばイスラム教の地域へ行って、飛行場で、あるいは銀行でさえも、一日五回、デスクのそばにいつも置いてある敷き物をしいて祈りと礼拝をはじめられれば、大抵の同胞はみな呆れてしまう筈である。呆れていられるあいだは、まだいいのである。それが、何かにつけて気にかかり、この野郎、何をしているか！　などと思い出すならば、世界は世の中にも世間にもなってはくれない。それはいつまでも〝外国〟であり、〝世界〟であってしまうのである。

そういう人に限って、帰りの日本航空の飛行機に乗り込むと、途端に大酒を飲み出して大声張りあげての自慢ばなしなどをおっぱじめてしまうのである。それは空疎なことであって、何の蓄積をもその人にもたらさないであろう。一回その自慢ばなしをしてしまえば、それでその経験は一過性のものとして空に散ってしまうであろう。

それでは、世界は世の中にも世間にもならず、それは人生にすらなってくれないのである。

「一生懸命に働いている人がバカみたいに見える」というところから発して、人々がついに行きつけるところには、無限に豊かなものが存在するであろうことだけは間違いがない。

歴史の長い影

ヨーロッパで新聞を読んでいると、ときどきあッと思わせられるような記事にぶつかることがある。

一九七〇年代のはじめの頃、つまりはスペインにおけるフランコ独裁政権の末期に、マドリードで新聞を読んでいたところ、そこに小さな一つの記事が出ていて、それは、実に久し振りでユダヤ人たちの公の集会が催され、これに政府からはじめて内務大臣が出席をした、というのである。

この記事自体は実に何でもないことに見え、私も、はァ左様で、というくらいのところで見過ごしてしまいそうになったのであるが、その記事の、裏ページに続く尾ヒレを読んでみて、私も少なからずびっくりをさせられたのである。

というのは、この久し振りというのが、実に一四九二年の、イサベル、フェルナンド両王によるユダヤ人追放令以来のことであって、要するに四百八十何年ぶりのことである、というのである。一四九二年というのは、この両王によってグラナダのアルハンブラ大宮殿に残っていたイスラム教徒の王族が最終的に北アフリカに追い出され、同時にユダヤ人追放令が発せられた年であった。

ユダヤ人たちは、言うまでもなく近世にいたっては、いわばなし崩しにスペインでも市民権をえて住んでいたものであったが、その公の集会というものは、この一四九二年以来の追放令が生きていて、やはり遠慮をせざるをえないもののようであったのである。

それが一九七〇年代のはじめにいたって、はじめて公のものとして認められ、政府から公式に内務大臣が出席をして、公認、ということに相成った、という次第なのであった。

「一四九二年以来、四百八十何年ぶりか……」

と呟いてしばらくは私も茫然としていたものであった。第二次大戦中、ナチスのユダヤ人絶滅政策に追われた人々をフランコ政権は入国を許して暗黙の保護を与えていたのであったが、公に、とまでは行かなかったのである。

この記事が出てからしばらくして、一九七〇年代の半ば頃に入るとスペインでは、コロンブスが同じくスペインを追放されてイタリアのジェノアに移ったユダヤ人の一族に属するという説がしきりに出はじめるのである。それは、以前から小さく囁くようにして見えかくれしていた説ではあったが、あまり公然ととなえられることはなかったのであった。

なるほど、と私も納得をしたことがあった。フランコ政権は前記の第二次大戦中の、事実上の政策とは矛盾をするかに見えるかもしれないが、長いあいだイスラエル国とは国交をもたなかったのである。

ヨーロッパでの歴史というものは、それはひょっとして、古く滑稽なるもの、に見えかねないかもしれないが、処々方々で、古く長い影のなかに沈んでいると思われることがしばしばである。

そうして近頃での私のおどろきの一つは、地動説をとなえはじめたコペルニクスとガリレオ・ガリレイに対する復権の動きがローマ法王庁内にたかまって来ていることであった。

それは現在の法王ヨハネス・パウロ二世がポーランド出身の人であり、同国人であるルネサンスの天文学者がはじめて地球は宇宙の中心ではないという地動説を主張し、ガリレオ・ガリレイがこれに数学的な基礎づけを与えて、後者が異端審問所によって死をもっておどかされたとき、自説を撤回しながらも、

「それでも（地球は）動く」

とソッポを向いて呟いた、という歴史的一件に関するものである。

この異端審問所によるガリレオ・ガリレイに対する異端宣告は、一六三三年のことである。それからすでに三百四十七年の歳月がすぎている。

ガリレオに対する復権運動は、この長い年月の間にもないではなかった。特にナポレオン皇帝がローマに入って行ったとき、この皇帝が法王庁からいろいろなものを持ち出したそのなかに、このときの異端審問関係の書類があった。この一件書類はその後にローマに返還されたが、その返還に一つの条件がついていた。

というのは、この審問・裁判のやり直しが行われるときには、フランスの学者がそこに参加をすること、という条件であった。

かくて現代フランスの原子科学者の一人であり、同時にカトリックの神父でもあるドミニック・デュバルル氏がガリレオ復権運動の首唱者となり、それが以前の法王のヨハネス二三世の「教会と科学との和解」という方針とも一致し、デュバルル神父が再審のための書類を用意していたところ、ヨハネス二三世は早く死亡し、一件またまた頓挫してしまった。

そうしてやっとのことで、コペルニクスの同国人である法王ヨハネス・パウロ二世によって取り上げられることになった、というのである。

ガリレオ・ガリレイの死後復権はおそらく遠からず実現するであろう。

これらの歴史の、実に執拗な、と見える長い影を、〝古く滑稽なるもの〟として笑いとばすか、あるいは古く長い歴史の現前とともに生きている人々の内実をうかがわせるものとして見るかは、人によって意見のわかれるところであろう。

（バルセローナにて）

現代から中世を見る

　このところ八年ほどをヨーロッパで暮らし、その間に、ほとんど気付かぬうちに右目に網膜剥離症を患いはじめ、昨年冬に帰国をして手術を受けなければならぬ破目におちいった。読書も執筆も甚だ困難、という状況になり、家族や友人知己の諸氏をひどく心配させてしまったが、本人は実はそれほどにも気に病んではいないのである。立ち居振る舞いのバランスはわるいが、片目でもどうにかなるのではないか、などと覚悟をきめている。

　その網膜剥離症のせいではもちろんありはしないけれども、八年ほどのヨーロッパ暮らしで、作家としては一つのもうけものをした、というくらいの考え方をすることで、自身を慰めることにしている。というのは、現代世界を通して、その現代世界のすぐ向こう側に、洋の東西を問わずして、〃中世〃というものが少しずつ見えて来た、と自分に思われて来たからである。

　近ごろの四年間ほど住んでいた、スペインはカタルーニア地方のバルセローナの町は、当世の日本では、どういうわけでか建築家ガウディによって大変に有名なことになっているらしく、事実、バルセローナの市民諸君は、ガウディの建築物の前に、連日日本人観光客が何十人かずつ訪ねて来ることにビックリしているのである。

私自身、何度も質問されたものである。

「どういうわけで日本人はガウディがあんなに好きなのかね？」

と。

土地の人たち自体が、このガウディの建築をめぐっては、いまだに賛否両論があり、

「あんなゲテモノのどこがいいのか？　第一、寺院建築としては下品きわまりない」

というものがあれば、

「あれこそ二十世紀の伽藍だ」

というものもあり、こういう議論を彼らに吹っ掛けたとしたら、半日は付き合うことを覚悟しなければならない。

工事がいまだに続いていて、この先何十年かかることか見当もつかぬ、聖家族大聖堂（サグラダ・ファミリア）の建築委員会が、つねにつねに費用不足に悩んでいることも、あの怪異な聖堂建築に、市民の支持がいま一つ足りないことを、物語るものであろうと思われる。

私は日本の企業が財政援助をしてくれることを望みたい。それは日本の黒字解消のための、文化的方策の一つともなりうるものであろうと思う。それが堂々と完成してみれば、全市民的な支持と鑽仰をもうることが出来るであろう、と思われるからである、それがもし完成すれば、二十世紀で、あるいは二十一世紀においても、建築完成された、世界で唯一の巨大大聖堂になるであろう。

帰国してみて、ガウディの人気（？）が、日本だけにおいてあまりに高いことに当方がビックリし、

そのせいで私もガウディを引き合いに出す破目になったのであったが、あのガウディの怪異な大建築の、すぐの背後にあるものもまた、中世以来の、ロマネスク、あるいはゴティクの聖堂建築の様式なのであり、それ以外のものではない。また、そのすぐの背景に、中世以来の建築様式が存在しないとなれば、ガウディにしてもだれにしても、おそらく何を考えることも出来はしないのである。

ロマネスクも、ゴティクも、また中世の城なども、すべて石造であるために、たとえそれをぶち壊して、市民の民家その他のための石材として使用したとしても、石材としての出所は消しがたく、石材の来歴は盗用をした民家にさえも、それなりの烙印をおしつづけているのである。

中世どころか、ローマ時代の神殿の故趾ですら、どこの町にも、とさえ言いたいほどに、主としてそれぞれの町や市の大教会の礎石になっていることが多いのである。パリのルーブル美術館の礎石の一部に、ローマ時代の神殿のそれが転用されていることを知っている人が何人いるであろうか。ローマ時代から二千年で、セーヌ川が運んで来てパリに積み上げた土砂が六メートルから八メートルという……。

そういう環境に住んでいると、どうしても目は現代を通して、中世からもっと以前を見ようとする。あながち網膜剝離症のせいばかりではないのである。

＊

たとえば、バルセローナでの私の居所から、日本へ原稿を送るために郵便局へ行くとすると、バスはどうしてもローマ時代の城塞の石壁と、中世に建立されたゴティク様式の大聖堂のすぐそばを通って行かざるをえない。いやでも応でも中世とは、ついに身近に付き合わざるをえず、また小旅行にピレネー山脈のなかへ行き、フランスとの国境を出たり入ったりしていると、十一世紀から十二、三世紀ごろのロマネスクの小教会堂や、城塞に行きあたってしまうことになる。

スペインに居住を移すことにきめたはじめのころは、平成末期鎌倉初期の宮廷歌人、藤原定家の日記である『明月記』を克明に読み返してみることにつとめていたのであった。

歌人藤原定家には、青年時代に一つの負い目を私は負っていた。あの、いまから思い出してみても、暗澹たる気持ちにならざるをえない、戦時中の私を支えてくれたものの一つに、『明月記』中の「紅旗西戎吾ガ事ニ非ズ」という言葉があり、その負い目を、あるいはその、若き日の借りを返すために、現代日本の干渉を西欧に避けて、この『明月記』に関しての私抄を作ろうと考え、その準備をしていたのである。そのために、相当量の日本中世に関する文献を抱えたままで、ジプシーのようにスペイン全土を放浪してまわって、安住してその仕事にかかれる地をさがして歩いて、はじめの四年の年月が過ぎて行ったものであった。

そうしてカタルーニアの地にその地を見つけて『定家明月記私抄』の連載をほんの少しずつ雑誌『波』に開始してみると、この日本の中世（十三世紀）勉強が、逆に、と申すべきか、あるいは、私一個の気持ちとしては、何やら斜めに西欧中世の有り様、あるいはたたずまいを呼び出すことになり、日本の中世勉強が斜めにずって行き、西欧中世の勉強がこれに平行してともなって来る仕儀となって行ったものであった。

日本中世人（十三世紀）の一人としての藤原定家が、西欧中世を呼び出してくれたのである。不思議な仕儀と言うべき事であるかもしれないが、当の本人たる私自身にとってはそれほど不思議でも何でもなくて、自然にそういうことになって行ったのである。

そうして、日本の中世とは事変わって、西欧中世には、まだ「国家」というものがはっきりとは成立していなかった。そのことが、戦時中以来、洋の東西を問わず、近代国家という政治装置に飽き飽きしていた私に、ある種の思考の自由、あるいは思想的なゆとりを与えてくれた。あるいは、与えてくれたと信ずることを可能にしてくれた。

けれども「国家」という、人間を拘束する装置はいまだに存在していなかった、従って国境などというものも存在してはいなかったけれども、そこに、実に「宗教」という、民族国家などよりももっと大規模で普遍的なものが、一足先に存在していたのである。

ヨーロッパに在るということは、その力がいくらか衰えて来ているとはいえ、実は「宗教」のなかに在るということであることが、西欧中世が見えて来るにつれて、歴史家ならぬ、ただの作家であるにすぎぬ私にも見えて来、そこではたと私自身も困惑の罠にはめられてしまったかに思われたのであった。私自信は、信仰者というものではないのであるから。

そうして、そういうときに、私はその罠のなかから引き出してくれたものが、またしても、日本中世の宗教的事件の一つであった。

というのは、定家の『明月記』を私抄としてなぞって行くについては、どうしても法然、親鸞などの、当時としての国家宗教と対立した、従って西欧流にこれを言うとすれば「異端派」としての念仏宗と付き合わざるをえなくなるのである。

かくて、十五、六年ほどの以前に、『ゴヤ』を書くために南仏にゴヤの作品を求めて歩いていたときにうちあたった、普遍宗教としてのカトリックに撲滅された、いわゆるカタリ派と称される過激な異端キリスト教の問題が、再び私自身のなかによみがえって来た。

不思議かつ奇異な在り様であると言われるであろうが、定家が西欧中世を呼び、法然、親鸞が、西欧異端派を呼び出してくれたのであり、それは私にとっては、別して不思議でも奇異なことでもなかった。

かくてそれが小説のかたちをとりはじめ、書き下ろしの『路上の人』という作品になったのであった。

＊

けれども、〃かくてそれが小説のかたちをとり、書き下ろしの『路上の人』という作品になった〃などということは、やはりそれを書き上げてしまった今にして言えることであって、異国の大むかしのことなどには、実は容易に手も足も踏み込んだりは出来はしないのである。

まず語学の問題が出て来る。国家がいまだ成立していないのであってみれば、国語というものは存在していないのであって、北イタリアと南フランスだけをとってみても、ロンバルディア、ピエモンテ、プロヴァンス、オックシタニア、カタルーニアなどの諸地方語が、地方地方を移動して行くにつれて、お互いに関連し合いながらも、ゆっくりとなだらかに変化して行き、しかもそこに宗教上の公用語としてのラテン語が加わって来る。

また、宗教上のこととしては、そのころスペイン南部にイスラム教が厳として存在してい、普遍宗教としてのカトリック教内部にもさまざまな、いわゆる〝異端派〟があり、カトリックはこれに猛烈な弾圧を加える。世に言われるところの〝異端審問〟である。

作者が自作のことをあれやこれやと言い出すのは、いずれにしてもあまりみっともよいことではないので、このくらいにしておきたいが、主人公が、このころにヨーロッパの路上にあふれ出して来た浮浪の者の一人となることは、これも作者としての自然の一つであった。

何故かと言えば、たとえヨーロッパに七、八年の歳月を定住していたとはいえ、しょせんは浮浪の者の一人であるにすぎぬことくらいは、私自信にも充分に自覚されていたからである。

私どもがヨーロッパの各地を、現代の浮浪者の一人として車で移動して歩くとき、パスポートに記載されてある身元証明もさることながら、より重要なアイデンティティをあかしするものは、実は自動車のナンバー・プレートなのであった、私どもの車が、75というパリのナンバーを持っていることの方が、何らかの事故が起きたような場合には、より重要なこととなって来る。車のナンバーと保険とは直結していても、パスポートと保険とは結びつきはしないのである。

『路上の人』、すなわち浮浪の者には、浮浪の者としての、それぞれの標識があり、中世にあっては、王侯貴族、諸聖職者、騎士、職人、巡礼者、売春業、泥棒なども、それぞれにおのれを表象する標識を身に掲げていたのであり、現代の浮浪の者は、車の車種とナンバーにその標識、表象を掲げて路上にあるのである。

私どもは、パリ・ナンバーのシトロエン車でヨーロッパじゅうを転げてまわり、そのことを痛感させられた。ドイツのアウトバーン（高速道路）では、後方から、白昼ライトを点滅して、そこ退けそこ退け、と脅迫しつつ二百キロを超えるスピードで追い抜いて行くメルセデス車には、つくづくと恐い思いをさせられた。現代の王侯貴族か大司教の類いであろう。

ここで私が「現代から中世を見る」などという題名を掲げながら、現代ヨーロッパの、たとえばEC、すなわちヨーロッパ共同体のことなどを言い出したとしたら、羊頭を掲げて狗肉を売るもの、と言われるかもしれないが、一九八六年の年頭に予定をされている、スペイン、ポルトガルのEC加入によって、西欧全域にわたるECの結成は、共同市場の形成などという、単なる経済上の事柄にとどまらぬ、歴史的な重要事になるであろうことを評価するためにも、西欧中世について、ある程度の知識が必要となるのであり、それを欠いては、理解の底の浅さが露呈することになるであろうと思う。

西欧近代国家というナポレオン以来の枠組みが、少しずつ少しずつ変質して来ているのである。それは目に見えぬほどの、氷河的スピードではあるけれども、たとえばある日突然に、西欧全体の車のナンバー・プレートが、それぞれの国を表象するナンバーではなくて、ECナンバーに変えられたとしたら、それはおそらく人々に瞠目すべき、心理的、思想的な変貌、変容、意識の変革を強いるものとなるであろう。

＊

EC、すなわちヨーロッパ共同体が、たとえ最大限にその理想を達成したとしても、近代国家という政治装置を解消することは、おそらくありえないであろうとは思うものの、私はヨーロッパ各地を転げて歩いてみて、この共同体形成への意思方向とほとんど同時に、一見のところでは、その反対方向へ向かうかに思われる意志方向をも見いだしたものであった。

それは、強烈な地方自治、あるいは地域アイデンティティの主張である。バスク地方の自由と独立を求めるETA（バスク、祖国と自由）の運動は、そのもっとも過激なものの一つである。彼らのスローガンの一つである、4＋3＝1というのは、スペイン側バスク四県とフランス側バスク三県は一つのものである、という主張をあらわす。また近ごろでは、バルセローナを中心とするカタルーニア地方は、その独自言語であるカタラン語によるテレヴィジョン放送をはじめ、フランスのトゥルーズでは、オック語によるTV放送を行いはじめた。

ヨーロッパ共同体への普遍意思が起こると同時に、それぞれの地域への帰属意志もが強烈に意識されはじめたことの、これは表象というべきものであり、きわめて健康な在り様というものであろうと思う。

私は〝路上の人〟として、ヨーロッパの街道や裏街道を転げて歩いて、現代の国境というものの人工性や、時にはその仮象性をしみじみと感じたものである。イタリアを北へ北へとのぼって行き、オーストリアに近づくと、ドイツ語を話すことの方が自然ということになり、パブロ・カザルスがフランコのスペインを嫌忌して亡命していた、フランス領ピレネー山脈の村々は、なんのことはない、カタラン語の方がフランス語より通りがよかったのである。また、仏独の国境に近いストラスブールでは、たとえばパリを流れるセーヌ川が、ドイツ語風に、ラ・ザイネと発音される。そうしてベルギーへ入って行けば、ワローン語地域にぶつかる。

現代英国の作家の一人であるジェームス・アルドリッジ氏が私に、

「ドイツへ行っても、スペインへ行っても、イタリアへ行っても、大抵のことはわかるのに、ロンドンをちょっと離れてウェールズへ行って、ウェールズ語だけでやられたら、一語もわからない」と嘆いたことがあった。

国境は人工的なものであり、言語の方は、もっとゆったりとなだらかに変化して行くのである。しかし、だからと言って、これらの諸現象が中世への復帰を目ざしているなどともし言い出したりしたら、それはまた大いなる過誤を犯すことになる。そのことを、そのこととして確認して行くことが必要であるという、ただそれだけのことである。

帰国してみて、私をおどろかせたものの一つに、旅行業者の広告があった。ドイツ旅行に観光客を吸い寄せようとして〝ロマンチック街道へ行きましょう〟と旅行業者は大きな活字で広告をしているのであるが、これは一種の、錯覚を誘うための広告であろう。ドイツの〝ロマンティッシェ・ストラーセ〟は、〝ローマ（へ通じる）街道〟でこそあれ、ローマン主義などとは何の関係もないのである。〝すべての道はローマへ通ず〟の古ローマ街道であるにすぎない。

ロマンチック街道へおいでになって、ロマンチックな気分にひたられた方々には申し訳ない現実曝露であったかもしれないが、ここにもまたローマ帝国の時代と、カトリックの本山としてのローマの存在の、ヨーロッパの歴史における重さというものが、それとして表示されているのである。

そうしてカトリック内のこととしては、私は中南米に根づいてヴァティカンをして扱いに困らせている「解放の神学」なるものを注目したい気持ちをもっている。これは、ひょっとすると、現代カトリックにおける、生命力にみちた〝異端派〟であるかもしれない、と。

誰も不思議に思わない

ヨーロッパで八年ほどを暮していて、その間に私をもっとも瞠目させたものは、言わずと知れたことと言うべきであるかもしれないが、日本企業の、特にその広告の人目をおどろかせるほどの、諸都市への進出、侵入であった。

はじめの頃は、たとえばTVでフット・ボールの試合を見ていて、ときたま、という程度で競技場のまわりや壁に日本企業の広告を見る程度であったものが、次第に、あるいは、たちまち、と言いたくなるほどのスピードで蔓延しはじめ、ついには氾濫と言わねばならぬほどのことになってしまった。広事は何もフット・ボールだけではなく、バスケット・ボールなどの球技から自動車競争などの、広いスペースを必要とするあらゆる競技場にまで及びはじめた。それは、あたかもプロ・スポーツ一般は、日本企業の広告なしには成立しなくなっているのではないか、という観をさえ与えたものである。競技場だけではなく、選手たちのスポーツ・ウェアの胸にも背中にもそれはあり、私はそれをTVなどで日常眺めていて、心強くもあり、また空恐しいような複雑な気持を抱かされていたものである。

ヨーロッパのプロ・スポーツの世界は、これはもう完全にインターナショナルな世界であり、選手たちは国籍国境などを問わずに、移籍やトレードによって動きまわる。それはあたかも中世の、まだ国家などというものがはっきりと成立していなかった時代の、騎士たちを思わせるものがある。

広告だけではなくて、スポーツ用具の面でも、日本企業の進出や侵入は行われているのであろうが、そこまでは私には目が届かない。けれども自動車やモーター・サイクルの競技では、すでに明らかに日本製品が使用されていることが目につき、グラン・プリを取ったりするものにも、それは少くはない。なかには、エンジンだけは日本製のものを搭載しているものもあるようである。

けれども、このインターナショナルなプロ・スポーツの世界に、日本製品とその広告は盛大に登場をしていても、日本人ドライヴァーが出て来るのを、この時点ではまだ私は見たことがない。著名なフット・ボールの選手一人もいない。それはさびしいほどのものである。物と広告ばかりが出てきて、人が出て来ないのである。これではますます日本は物と広告だけの国という印象を与えかねない、というのが私の印象である。

わずかにゴルフと自転車競争にちらほらと日本人選手の名を見る程度で、あとは物とその広告の氾濫だけが印象づけられるということになる。おそらくアメリカでも事態はそう違いはしないであろうと思われる。

そうして広告について、彼等と日本との違いについて言えば、たとえばＴＶは家庭に直接に、濾過装置なしで突入して来るものであるために、ヨーロッパの多くの国々では、たとえばアルコール飲料の広告（コマーシャル）などはＴＶではしないようにしている、と私などには見受けられる。その点、もし酒類の広告をＴＶでしないようにするとしたら、日本のＴＶ放送局の大部分は大打撃をうけるであろう。

またもう一つ、これは広告・コマーシャルなどとは別のことであるが、日本での、様々な商品、特に飲みもの、アルコール飲料を含んだ飲みものの自動販売機の氾濫は、これもまた瞠目に値するものであろう。道路交通法は、日本ではまことにきびしく、路上駐車などは大旨禁止されているが、あの自動販売機というものも、一種の路上駐車のようなものなのではなかろうか、と私には思われる。ヨーロッパの多くの都市では、一定のところの路上駐車は認めても、自動販売機は、主として都市と路上の美観を害するという理由で、きびしく制限をされている。それはまた、キャフェというものに馴れたヨーロッパ人には、なじまぬものなのかもしれない。

物と企業だけが進出し、侵入して行って、それを、誰も不思議に思わないという考え方もまた不思議なものなのではなかろうか。

人がいないということは、文化が伴っていないということである。

かつて私は東南アジアのある都市で、日本企業のネオン・サインのあまりにけばけばしくどぎついことに閉口して、ある日本企業の人に訊ねてみたことがあった。その返答は、

「東京本社の重役が来て、もっと大きく、もっと目立つものにしろ！　と言われましたので」

というものであった。

（一九八六年一月）

美はしきもの見し人は

美《うる》はしきもの見し人は、
はや死の手にぞわたされつ、
世のいそしみにかなはねば。
されど死を見てふるふべし
美はしきもの見し人は。

異様な詩を書いたのは、ドイツの浪曼派の詩人、フォン・プラーテンである。日本語訳は生田春月氏であった。

それが詩であってみれば、そこに含まれている理屈や段取りなどを問うてみてもはじまらないことかもしれない。美《うる》はしきもの、と言っても、それが如何なる美はしきものかなどという穿鑿《せんさく》も、おそらく無用の事なのであろう。まるごと呑み込んでおくより他あるまい。穿鑿は別として、しかし、この詩にはやはり一つの衝撃力があることは、認めなければならないであろう。

私は近頃、George Greensteinという宇宙物理学者の一人であるらしい人の、"Frozen Star"*という本を読んでいて、思わぬことにプラーテンのこの詩を思い出させられた。

この本は、一九八四年にバルセローナで買って日本へ持ち帰り、日本では読む暇がなくて今度再びバルセローナへ持ち帰って来て、多少の自由な時間が出来たので、読んでみたものであった。テーマは言うまでもなく、近来の宇宙物理学の成果について、可成りにわかりやすく、ブラック・ホールとホワイト・ホールなどの関係について書かれたものであった。

> 夜の空は静穏かつ晴朗な印象を与えるものである。けれども、天文学者が宇宙を研究すればするほど、宇宙は激烈な動きの場所と見えて来るのであった。宇宙は大激動、大変動に満ちている。

というふうな叙述があって、この大宇宙で、あるいはこの大宇宙を相手にしている天文学、宇宙物理学などの世界で、現在どんなことが進行しているかを教えてくれるのである。長年にわたる宇宙物理学のただのファンである私としては、一年に一冊くらいは、いわばホビイとしてでも、それらの本を読む習慣をもっている。この前に読んで非常に興味を覚えた本は、Paul Davies なる人の書いた、"The Edge of Infinity"（無限の端ッコ）というものであった。この本のことは前に書いたことがあった。（拙著『日々の過ぎ方』所収、新潮社）

ポール・デイヴィス氏によって、ブラック・ホールのなかに『特異点 Singularity』というもの、あるいはところがあって、そこでは「少数の物理学者は、今や時空（space-time）の特異点に到達したわれわれは、その定義からして、知的探究の範囲外にある究極的に不可知なものに遭遇したと断言している」と告げられて、私などは背中がゾクゾクして来るような、異様な快感を覚えたものであった。私などに、ほとんど絶対にと言いたくなるほどに手の届かぬことを研究している物理学者たちに、ザマァ見ロ、と言いたくなったものでもあった。

しかし今度のグリーンスタイン氏の本で、アインシュタインが、「宇宙についての、もっとも不可解なことは、それが理解出来るものであることである」と言っていることを知って、先の〝ザマァ見ロ〟は、取り消さざるを得ないことになったようである。

　物理学者たちは、ブラック・ホールの中心にあるものに対して一つの言葉を用意した。それは特異点と呼ばれている。この特異点は、物理学者たちの理論がついにテンヤワンヤなものにさせられる点である。（中略）物理学は、ブラック・ホールの中心で立往生である。(Physics come to an end at the center of the black hole.)

　この特異点をどう扱うべきかを、誰も知らないのである。（中略）その存在を告知する理論そのものが、この特異点で沈没してしまう。一般相対性原理が、自分で自分を破壊してしまう。(General relativity self–destructs.)

いずれにしても、私などには分ったようで分らぬような話なのではあったが、いままでは、この宇宙物理学なるものが、哲学そのものになっているのではないか、というのが私の最低限の理解であり、感想である。何故ならぱ、この種の本を読んでいて、私はところどころで、その理論叙述の進行過程そのものが、実に美しい！　と感じることがある。そういう感想をしばしば持たされて、本を読んでいて、美しい！　と感じることの何と少くなったことか、と逆のことを考えることもある。

物理学が立往生し、一般相対性原理が自分で自分を破壊するとは、いわば物理学が自殺をしている現場に立ち遭っているようなものであろう。

そうして、そこに到るその過程が、私などが眺めていても、実に美しいのである。

そこで先の、プラーテンの異様な詩が思い出されて来る。

美《うる》はしきもの見し人は、
はや死の手にぞわたされつ、
世のいそしみにかなはねば。
されど死を見てふるふべし
美はしきもの見し人は。

付記、ポール・デイヴィス氏の本は、『ブラックホールと宇宙の崩壊』という訳名で岩波書店から出ている。

（一九八七年八月）

＊George Greenstein ; *Frozen Star*, Macdonald, London, 1983.

二葉亭四迷氏と堀田善右衛門氏

松下裕氏から、二葉亭四迷が使っていた住所録に、住所は、越中伏木港本町、として、

堀田善右衛門
　　同　呉吉

という名前が出ている。また別のところに、「越中国伏木港堀田本店」との記載もある。あなたの一族であろうと思うが、二葉亭とどういう関係があったのかについて、何かを書いてほしい、との御要望があった。

それは私にも初耳のことであったので、二葉亭四迷全集（筑摩書房版）を調べてみると、たしかに、その第六巻の五七四ページに、その記載があった。

この堀田善右衛門なる名は、徳川時代から北陸は伏木港で北前船による廻船問屋業を営んでいた、私の家の家長が代々継《つ》いで来た名前であった。廻船問屋としては、鶴屋という商号をもっていたから、

鶴屋善右衛門と呼ばれたり、書かれたりしたこともあった。三十年ほど前に、北海道は礼文島を訪れたときに、その島の雲丹《うに》問屋の、古い大福帳に鶴屋という取引先の名が記してあり、私はそこにわが祖先たちの活動の跡を見出した思いがして、しばし感慨にふけったことがあった。そうして、二葉亭四迷の知人住所録に、呉吉、とあるのは、私の曾祖父の本名であった。

けれども、松下氏及び読者諸氏に対してまことに申訳ないことなのであったけれども、私に言えることは、実は以上、これだけなのであって、これ以上のことも、以外のことも、何も言うことが出来ないのである。ましてや、二葉亭四迷の住所録にどうしてわが祖先の名が出て来ているものか、とは、推理することもほとんど不可能である。故郷の港町にいた古老たちも、すべて死に絶えてしまっていて、いまとなっては聞き質《ただ》すことも出来ない。

しかし、かすかにもう一つのヒントがあった。

それは、この同じ二葉亭の残した住所録中に、稲垣篤《あつし》、の名があった。六回ほどその名が出て来るから、可成り親しかったものであろう。

この稲垣篤氏は、明治初期の自由民権運動の壮士の一人であった稲垣示《しめす》氏の子息で、軍医として日露戦争に従軍し、戦場で事故に遭い、戦後からその死に至るまで、堀田家の別邸に寵居して過した人であった。そうしてその父君にあたる稲垣示氏は、日本人名大事典によれば、「夙に自由民権を唱へ、明治十二年板垣退助らと共に自由党を組織し、国会開設運動に尽した。明治十八年大井憲太郎、大江卓、（福田英子）*らと、（爆裂弾未遂にかかわる）*大阪事件を惹起し、その資金調達に当ったが、長崎にて捕へられ、軽禁錮五年に処せらる。（後略）」という人物であった。後に衆議院議員にもなった人である。

稲垣家もまた、越中国の素封家であったが、いまどきの政治家どもと違って、その資産を蕩尽したものであった。

近頃の日本近代史研究家たちが言っているように、当時の地方の——土豪劣紳と言わばいえ——素封家といわれた人々が、自由民権運動の後援者であったことは事実で、恐らく稲垣氏を通して何等かの援助をしていたものであった筈である。

しかし、この稲垣示氏と、その子息の稲垣篤氏と二葉亭四迷氏とが、どこでどう結ばれていたものなのか、それがわからなければ、堀田善右衛門氏と二葉亭四迷氏とのかかわりについても、やはりわからないことに属する。

同時に、二葉亭の年譜を調べてみても、その何処に符合するものかも、見当がつかないのである。二葉亭はロシア語を学び、その言葉に通暁していたことから、当時北前船だけではなく、蒸気船をも所有して、ウラジオストック——当時浦塩と書いたものであった——との対岸貿易を行っていたところから、わが祖先が二葉亭のロシア語の造詣を必要としたものであったか、とも想像をしてみるが、これも要するに想像の域を出るものではなかった。

二葉亭が、ハルビンの徳永茂太郎商店の顧問として、はじめて国を出たのは、これも年譜によると、明治三十五年のことであった。このハルビン行には、二葉亭はウラジオストック経由で行っているから、ひょっとして「越中国伏木港堀田本店」の蒸気船に乗って、ウラジオストックへ行ったものであったかもしれない。

要するに、いくつかのヒントを頼りに推理をしてみても、いずれも行き止まりのデッド・エンドである。そうして私自身にもこの先、二葉亭とわが祖先の関係を調べて、結論を得るだけの時間が残されているかどうかも、これも疑問である。

自由民権運動を援助し、これを如何なる時期にも伸展させて行くべきであるという気風だけは、わが家には濃厚に伝えられていた。大正時代から昭和期にかけての、革命運動に従事して投獄された近親者に対しても、私の祖母なども、それを自由民権運動の延長線上にあるもの、と解していた。

敗戦後に、天皇の地方巡幸ということが行われ、故郷の近くまで天皇が来たとき、たまたま私が帰郷をしていたので、見に行かないのか、と祖母に言ったとき、一言で、撥ねつけるように、

「戦《いく》さに負けたもんなどを、だりゃ（誰が）見に行くか！」

と声高に言い放った。

そのときの老祖母の形相《ぎょうそう》の物凄さに、私は身慄いがした。

鬼婆とはかかる形相を言うか、とさえ私は思った。

＊括弧内は筆者付記。

（一九八九年九月）

国家消滅

一九九〇年十月三日、われわれは一つの国家が消滅するのを、ＴＶによって、ほとんどその現場で目撃をした。

それは戦争によってではなかった。

一つの国家、あるいは国家体制が消滅した。しかし、人民は残った。

国家、あるいは国家体制というものと、人民は別のものであることを、かくまでも明白、かつ皓々たる光の下に示したことも、まことに稀なことであったと思う。

かつて一九四五年の日本敗戦のとき、八月十五日から一週間ほど過ぎた頃、当時上海にいた日本人たちの間に、どこからともなく、一つの流言が伝えられて来た。

それは、広島と長崎に投下された原子爆弾によって、当の広島と長崎はもとより、広島からはじまって、中国地方及び近畿一帯、また長崎からはじまって、九州全体に、じわじわと放射能禍がひろがって、人々は全滅をするであろう、というものであった。

当時として、放射能についての知識や情報なども、ほとんど皆無な状況のなかにあって、それは胸に重い錘鉛を打ち込んで来るような、暗く重い経験であった。

そうして、この流言を流言として、明白に否定してくれる人も情報もまた、皆無であった。

かくて、敗戦後の十日目ほどのある夜、故武田泰淳が、十枚ほどの原稿用紙にしるしたものを持って、日僑——それは外国にいる中国人を華僑と呼ぶことと相対する言い方である——抑留地区の、ある家にいた私を訪ねて来た。武田氏も私も、同人雑誌『批評』の同人で、私は詩人ということになっていた。

——詩を一つ書いたから見てくれないか。

と武田氏が言った。

対して私は、

——見るというより、あなた自身読んでくれないか。

と答えたことを覚えているが、奇妙なことに私は、武田氏のその詩なるものが漢詩であろう、と早合点をしていたのであった。武田氏が、中国文学の専攻者であったからであったか。

武田氏は、私のすすめに素直に応じてくれて、水を一杯飲んで、朗々と朗誦をはじめたのであった。

それは長い長い、長詩であった。

その冒頭だけが、いまに私の耳裡に残っていて、しかもそれは私の耳裡に残っているだけであって、その後の数十行、あるいは数百行は、武田氏の引き揚げ帰国の混乱の間に、一切失われてしまったのである。

その冒頭の一行、

かつて東方に国ありき

それが武田氏の長詩の開始第一行であった。

かつて東方に国ありき
その国には、その国に固有のものと、中華大文明との渾淆《こんこう》と相互醸成による、一つのたしかな文化があった。しかしいま、その文化が、原子爆弾による放射能によって滅亡をするとなれば、幸か不幸か、中国の地にあって敗戦を迎えた、われら日本の文学者は、中華大文明の庇護のもとにあって、かつて東方の島国にあった文化を、営々として継承して行かねばならぬ運命にあるものではなかったか……。

武田氏の長詩は、大旨かかる趣旨を、堂々かつ悲傷を籠めた調べの、文語体によるものであった。当時、私たちはまだ若かった。私は二十八歳で、武田氏は三十三歳であった。

日本敗戦後の、新しい文学者たちによって書かれた、もろもろのエッセイのうち、私には二つのものが印象に残っている。一つは荒正人の『第二の青春』であり、もう一つは武田氏の『滅亡について』である。前者を陽とすれば、後者は陰の方に属するであろう。

滅亡は私たちだけの運命ではない。生存するすべてのものにある。世界の国々はかつて滅亡した。世界の人種もかつて滅亡した。これら、多くの国々を滅亡させた国々、多くの人種を滅亡させた人種も、やがては滅亡するであろう。滅亡は決して詠嘆すべき個人的悲惨事ではない。もっと物理的な、もっと世界の空間法則にしたがった正確な事実である。星の運行や、植物の生長と全く同様な、正確きわまりなく、くりかえされる事実にすぎない。世界という、この大きな構成物は、人間の個体が植物や動物の個体たちの生命をうばい、それを嚙みくだきのみくだし、消化して自分の栄養を摂るように、ある民族、ある国家を滅亡させては、自分を維持する栄養をとるものである。

この滅亡に関しての、「正確な事実」を述べた文章の背後には、敗戦によっての日本滅亡の可能性を想定した一人の文学者の、敗戦の悲しみを戦後に乗り越えて、「正確な事実」の認識に到達した、稀な見事さがあると思う。

いまは消滅し滅亡した、東ドイツ、すなわちドイツ民主共和国の人民であった、何人かの彼の地の友人たちのためにも、この「個人的悲惨事」を、私も彼等のために詠嘆はすまい。

（一九九〇年一一月）

かつて東方に国ありき

……………………

モーツァルト頌

モーツァルトの音楽を、何のわだかまりもなく、如何なる胸の閊《つか》えもなく素直に聞く、あるいは聞き流せるようになるまでに、私は実に長い時間を要した。それは本当に、つい近頃のことなのであった。

モーツァルトの、世に〝天使的《アンジェリック》〟と言われている音楽が身近で流れはじめると、私の胸か腹のあたりに閊えていた何物かが、むくむくと、あるいはむかむかとむかついて来て、彼の音楽をまともに受けつけさせないのであった。

それは本当にそうであって、若年の頃から数十年間、そのむくむく、あるいはむかむかが続き、小林秀雄や大岡昇平のように、はじめにモーツァルトありき、という具合には行かなかった。

ではこの、むくむく、あるいはむかむかの正体は、いったい何であったのか。

それを考え考えしながらも、これまた長い時間が流れて行った。

それがある時に、一時に、一瞬にして氷解したのであった。奇蹟とはこういうことか、と思ったほどに、一瞬にして氷解した。

数年前、その頃フランスの田舎に住んでおられた、三岸節子、黄太郎の両画伯に招かれて、バルセローナからパリへ出掛けて行った時に、私は暇つぶしというほどの気持で、たまたま見付けた一軒の楽譜専門店へ入ってみた。

その店の書棚――この場合、楽譜棚か――に、一冊の部厚い大型の、モーツァルトの弦楽四重奏曲全曲の原稿を写真版にしたものを見付けた。重く、かつ高価なものであったが、私は立ち読み――まさにその通りであったが――のようにして、その場でページを繰ってみた。

それは、モーツァルトの初稿そのままということであったが、完成稿そのもののように、実に流れるように――彼の音楽そのものがそうであるように――書かれてあって、ほとんど訂正というものがなかった。

ということは、彼の音楽が、多くの研究書もがそう書いているように、たしかに彼の頭、あるいは胸のなかで、はじめから完成したものとして鳴り響いていたのであった、ということを、この楽譜の写真版は実証をしていた。

私の長年にわたる胸の閊えが、この瞬間に、氷解した。幸福な一瞬であった。

かくて、三岸家での用事を了えて、再びバルセローナの自宅へ帰って、とくとその解けてしまった胸の閊えについて考えてみた。

その胸の閊えの正体なるものは、実のところ、少なからずありていに言うことが憚《はばか》られるものであったことに、気がついたのであった。

しかし、仕方がない。ありていに言うとして、あのベートーヴェン氏が悶えていたのであった。そしてここでもう一度、しかし、だからといってベートーヴェン氏が、私自身の内側から消えてしまったわけではない。

モーツァルトとベートーヴェンは、同じ音楽の世界に存しているとはいうものの、この両者は南極と北極ほどの、二つの極《ポラー》なのであった。一方は友人たちと談笑しながら、また撞球に熱中し、ギャンブルをしながらも頭のなか、胸のなかで作曲をし、後にそれを一気に書き下す。従って彼の楽譜原稿に見られるように、音譜の訂正などはほとんどないのであった。まことに彼の洗礼名――Amadeusが示す通りに、〝神に愛された《アマデウス》〟人であった。しかもこの人は、学校と名のつくものにはかつて一度も行ったことがなかった。生れながらの音楽家であった。

そして後者は、画家ゴヤ同様に聾症に悩み、自殺までをしかけ、もっぱら意志の力によって、血と汗と涙――つまりは一歩一歩の努力によって、その英雄的な音楽を築いて行ったのであった。従ってその楽譜原稿は、ほとんど判読しがたい、暗号のような走り書きの如きものであり、多くの事後訂正と書き直しが必要とされた。この人は、音楽上の、いわば人文主義者《ヒューマニスト》の戦士であった。

また前者は、目の前に現存する楽器と室内楽規模のオーケストラがあれば、それで足りたが、後者には、もっともっと強力な、最大級のフォルテで叩いても壊れぬピアノと、最大規模のオーケストラと、大合唱団までが必要であった。

さらに前者について驚かされるのは、その病歴の多彩（?）さであった。リューマチ熱、腸ティフス、天然痘、歯槽膿漏、気管支肺炎、その他に腎臓も悪ければ、連鎖状球菌とかというものにも冒されていた。その上で、ヨーロッパじゅうを旅行である。これでよくもあれだけの作品が残せたものであった。

そしてベートーヴェンの方は、音楽と戦うだけではなく、政治（ナポレオン）とも貴族社会（代表者はゲーテであろう）とも戦わねばならなかった。まことに狂瀾怒濤《ストルム・ウント・ドランク》の時代の戦士であった。

モーツァルトは三十六歳で生涯を終えたが、彼の書簡は、彼が早くから死に親しみ、三十六歳の生涯が短かすぎるものではないことを、彼自身よく自覚していたことを示している。そしてベートーヴェンには五十七歳の生涯は、十分なものではなかった。

ベートーヴェンとその狂瀾怒濤の時代が、長く私の胸の閊えとなって、モーツァルトの音楽が、私の内部で流露してくれることを妨げていたのであった。しかし、歳月とともに、両者は二つの極にわかれてくれて、平和が訪れたのであった。

誰であったか、「天使が神に何かを報告するときには、バッハの音楽で、天使たちのお喋りには、モーツァルトの音楽で」と言った人がいたが、私はこれに「人間が神にもの申すときには、ベートーヴェンの音楽で」と付け加えたいと思う。

（一九九一年九月）

ベイルートとダマスカス

ベイルートには、二回、行っていた。

一等はじめに行ったのは、一九五八年のことで、このときはパリから南下して行ったのであった。ベイルート空港が近付いて来ると、紺青の地中海にはアメリカの第六艦隊の艦船が、それこそツクダニのようにごちゃごちゃといて、空港には武装したアメリカ兵が詰めてい、あちらこちらには、機関銃や対空砲の砲座までがしつらえられていた。

その頃のベイルートは、要するに両替屋と、そいつの大きくなった銀行屋と観光だけで栄えていたようなもので、アラブの石油成金のロールス・ロイス車ばかりが目立つという、いわば虚構の町という観があった。

私がはじめて立ち寄った一九五八年に、この町で革命騒ぎが起こり、この町が虚構の一部を投捨ててアラブの土に戻ろうとしたのであった。すると、早速にもアメリカの第六艦隊が出張《でば》って来てくれて、あの頃にこの町で聞いたところによると、住民二百人について一人の、完全武装をした海兵隊がやって来て、その虚構の維持を強制したのであった。

そのとき、この町で何人かの海兵隊員たちと話してみたことがあったが、それらの兵隊たちは、なぜ自分がここにいるのかについて、完全に、まったく無知であった。

そしてもう一つ。

ホテルのバーで、一人のシヴィリアンのアメリカ人と知り合いになったのであったが、この中年のアメリカ人に、あなたはここで何をしているのであるか、と訊ねたとき、その返事に私はまったくびっくり仰天したものであった。

その返事は、まことに簡単明瞭で、曰く、

——Drop bomb.

というものであって、それだけであった。

爆弾をいったい誰に頼まれて、どこへ落すのか、という私の再度の問いには、トルコの政府筋に頼まれて、トルコとイラクの双方にまたがって住む、山地民族のクルド人の部落へ落すのだ、という返事があった。

そういう説明にも驚かされたが、もっと驚いたのは、十八歳で軍隊に入って以来、彼がして来たことが、ずっとずっとDrop bombだけであったことであった。第二次大戦ではドイツ爆撃に参加し、朝鮮戦争ではDrop bombで、この戦争が休戦になり除隊をして、今度はインドシナでのフランス軍に雇われてDrop bombで、その次は、ベルギーに雇われてコンゴでDrop bomb. そして今はトルコの政府筋に雇われて、毎日ベイルート空港からクルド族の部落へDrop bomb.

現代の傭兵とはかかるものかという驚きもあったけれども、人生のおそらく三分の一くらいは

Drop　bombで過して来た、その中年のアメリカ人の顔を、私はつくづくと見詰めたものであった。別に変った顔つきでも何でもなかったが。

そのときから八年後の一九六六年に、もう一度私はベイルートを訪れていた。このときはA・A作家会議に参加するためで、この会議の経緯などは措くとして、会議終了後にシリアのダマスカスを訪問することになっていることを、私は心から楽しみにしていたのであった。

理由は、ほぼ二つほどあった。

一つは、レバノンとシリアの間に海抜二六〇〇メートルを越すベカー高原があって、そこに、レバノン国の国旗にも描かれている、いわゆるレバノン杉（シダー）の森がある筈であった。私は大きな樹木を見ることが好きだ。大きな樹木の前に、あるいは下にならば、半日でも黙っていることが出来る。

それから理由のもう一つの方は、目的地のダマスカスが世界でも最古の都市の一つであることと、ストリンドベルグの戯曲『ダマスカスへ』が頭の隅にあったからであった。

バスで早朝にベイルートを発ち、いよいよ山にかかったが、目を皿にして眺めていても、雪こそ目につくにしても、レバノン杉は一向に見えて来ないのであった。

しかし、やっと急峻な、人の手の届きそうもない山肌に、一本……、二本……、三本。

それっきりであった。森どころのさわぎではなかった。

後に、ベイルートの大学の歴史学の先生に紹介されたので、そのことについて質問をしてみると、

その返事がまた、まことに異相なものであった。曰く、

——五百年前に、ヴェネツィアの連中が、あの海の沼地に杭を打ち込んで水上都市の基礎を築くために、ダルマティア地方やギリシア、レバノンから十五億本の樹木を切って持って行ってしまったからだ。

という……。

しかし、ものの本には、レバノン商人たちが交易用の船を造るために、矢鱈に切ってしまったからだ、とあった。……

そして五時間かかってダマスカスの町へ到着すると、一同は国会議事堂へ連れ込まれ、ここで三時間半にわたるシリア大統領の演説を聞かされた。空腹と疲労困憊で、もはやダマスカスどころではなかった。

大統領の演説を聞かされながら、あまりの退屈さ加減に、私は、〝ダマスカス、ダマスカスへと来てみれば、長いハナシにだまされた〟という狂歌様のものをつくり、これを英訳して、隣りにいた詩人のエフトゥシェンコに見せると、これも退屈し切っていた詩人が、突拍子もない大きな声で笑い出し、私は背をまるめ頭を下げてエフトゥシェンコのうしろにかくれた。

（一九九二年六月）

サラエヴォ・ノート

この連載エッセイの一四回目に、〈ボスニアと東西ローマ帝国〉と題したものを書いたのであったが、そのときには私は不敏にして、みすず書房から『サラエヴォ・ノート』という翻訳（山道佳子訳）の本が出ていることを知らなかった。一九九四年の十一月に初版が刊行されていた。

著者はファン・ゴイティソーロというバルセローナに住むカタルーニアの作家で、マドリード発行の『エル・パイス』という、スペインでの最大部数の新聞のために、一九九三年にセルビア人部隊の砲撃と狙撃に戦慄しながら暮していた、ボスニアの首都サラエヴォに入って、そこでの生活と経験を書いたルポルタージュなのであった。

このルポルタージュが、しかし、ただの戦争ルポルタージュではなくて、読む者に深甚な思考をもたらすことの理由の一つに、この著者がスペイン人であるということがあると思われるのであった。彼自身におそらく一九三六年から三九年までの間のスペイン内戦の直接経験はないであろうと思われるのであったが、すべての、中年以上のスペイン人の胸奥にはあの内戦とその後の独裁政治の記憶は、いまだに生ま生ましく生きているのであってみれば、旧ユーゴスラヴィア地方の内戦を報道するには最も適した人であったであろう。ましてや一四九二年のユダヤ人追放、一六〇九年のモーロ人追放というスペイン史の記憶が背景にあって、セルビア人たちがボスニア・ヘルツェゴビナのイスラム教徒とその文化の痕跡を一掃し、〝民族浄化〟なる蛮行を遂行しようとしていたのであったから。

この本のすべてについて語ることは、もとより出来はしない。けれども、この本はどのページにも民族問題に関しての、戦慄にみちた報告と考察があるということを記しておきたいと思う。

戦慄にみちた報告と考察の一つ。

一九九二年八月二十六日日曜日に、セルビア人民族主義過激派《ウルトラナショナリスト》がサラエヴォの旧東方学研究所と図書館に焼夷弾の雨を降らせ、数時間でこの図書館が所蔵していた、アラビア語、トルコ語、ペルシヤ語等の手稿本を悉く焼いてしまった。この貴重な文化遺産には、東方の歴史、地理、旅行、神学、哲学、イスラム教の一派であるスーフィズム、自然科学、天文学、数学、辞書、文法書、詩歌集から、チェスや音楽に関する書物が含まれていた。

これらのすべてが永遠に失われてしまった。

「第二次大戦後にヨーロッパ文化に対して犯された最も野蛮な破壊行為である」というのがボスニア・ヘルツェゴビナ政府広報官の非難であったが、著者であるゴイティソーロ氏は、「実際、この犯罪を定義しようとすれば、《記憶殺し》という言葉以外に当てはまるものがない」と言うのであった。

この著者の《記憶殺し》という言葉の背景には、明らかに中世スペインのトレドがあった。当時トレドは中世ヨーロッパの学問の一大中心地であった。ヘブライ語、ギリシヤ語、アラビア語等による多数の教義書や哲学、数学、天文学書などが集められていて、たとえばアリストテレスの哲学書は、ここではじめてアラビア語訳からラテン語へと重訳されてヨーロッパにもたらされたものであった。もし中世トレドが、当時での《記憶殺し》に遭っていたとすれば、西欧ルネサンスはそうとうに遅れたであろう。

痛ましいとも野蛮とも、何とも言葉がない。

サラエヴォは東方のトレドであったと同時に、『小さなエルサレム』でもあったようである。「サラエヴォは多文化、多宗教、多民族からなるるつぼだったんです」と語るユダヤ人……。

また、この著者の脳裡には、スペイン内戦時の英仏の不干渉政策のことも明らかに息づいていた。「〝紛争当事者〟への武器禁輸というボスニアに対する不干渉政策は、ロンドンとパリの政府がスペイン第二共和制の窒息死と敗北に決定的に荷担して以来、最も乱暴な干渉の例になってしまった。」

そしてもう一つ、別の意味で戦慄を禁じえないのは、盆地の都市であるサラエヴォが、周囲の丘陵の上からセルビア人部隊の砲撃と狙撃にさらされている、そのさ中に、アメリカの作家であるスーザン・ソンタグがここに来て、同市の演劇人たちとサミュエル・ベケットの『ゴドーを待ちながら』を上演すべく、その演出を引き受けていたことであった。この演劇人たちの人種、宗教もまたさまざまであったであろう。

しかし、何という状況のなかでの、『ゴドーを待ちながら』であろうか。

いまここでベケットのこの芝居の解説をするための紙数はないので省略するが、登場人物はフランス系のユダヤ人らしい人と、ロシア人らしい人と、英語使いであるらしい人と、イタリア人らしい人などであり、最後まで舞台にあらわれることのない主人公ゴドー(Godot)は、英語のGodにフランス語の愛称的縮小辞——otをつけたものとされているようである。

戦火のサラエヴォで待たれていたゴドーは、神であったか、平和であったか、それとも無慈悲な死であっただろうか。神であったとすれば、どの宗教の神であったか。

NATO軍の進入によってボスニアに、平和らしいものが来ているようであったが、セルビア側の抵抗はまだ終ってはいないようである。


(一九九六年四月)

源実朝

吾妻鏡によって鎌倉幕府の日常を眺めていると、如何に武家による国家統治の草創期であるとはいえ、これほどにも血腥《ちなまぐさ》い政府というものは、世界史にも稀なのではなかったかと思われて来る。政府は、ほとんど連続テロというべき手段によって維持されているのである。十三世紀初頭だけでも、正治二年（一二〇〇）の梶原景時一族滅亡、建仁三年（一二〇三）の阿野全成誅殺、並びに頼家の妻の実家である比企一族の全滅、頼家の長子一幡殺害、元久元年（一二〇四）には前将軍頼家惨殺、同二年、畠山重忠・重保父子殺害、建保元年（一二一三）、和田義盛一族滅亡……。血臭芬々、である。

これに加えて、建保元年だけをとってみても鎌倉は大地震に四回も見舞われてい、そのほかにも様々な「天変」や「怪」事が起り、百怪祭だの、鬼気祭、霊道断祭、解返《げへん》呪詛祭、招魂続魄祭、七座呪詛祭などという不気味な、陰陽道のそれらしい鎮除のための祭が催されている。実に雰囲気は陰々滅々としている。

大地震と鮮血淋漓たる惨劇と、百怪だの鬼気だのというものがはびこっている日々を縫うようにして、実朝は月に一回ほどの頻度で幕府歌会なるものを開催している。

しかし、実朝が歌会を開くなどと言い出したとき、幕臣である武士たちは、鳩に豆鉄砲とまでは言わぬにしても、相当に面喰ったのではなかったろうか。実朝自身、藤原定家から万葉集稿本を贈られるまでは、のぞいたこともなかったのであるから。

しかもその歌会なるものを開催しても、「シカルニ半夜ニ及ビテ、甲冑《カッチウ》ノ隠兵《インペイ》五十余輩、和田左衛門尉義盛ガ宿館ノ辺ニ徘徊ス。……御用心ノ間、勝会ヲ停《トド》メラル」。

勝会は盛大な集いというほどの意であるが、いかに勝会であったにしても、夜の闇のなかには北条義時の策謀によって、和田一族掃討のための「隠兵」が刀槍をぎらつかせて「徘徊」しているのである。

京の不安が群盗や山僧の横行にあったとすれば、鎌倉のそれは、残酷な内部闘争であった。とても「歌会」などを楽しむ雰囲気ではない。

京と鎌倉とでは、これは異民族、あるいは外国のようなものであったかもしれず、文化が異なっていて不思議はないのである。そこへロココ風にみがき上げられた京文化が侵入して来て、将軍がそれを「甚ダ御《ゴ》入興《ジュキョウ》」であったりしたのでは、御家人たちの違和感、あるいは疎外感が増大するばかりであったであろう。

しかし、それにしても二十二歳での金槐和歌集の完成という偉業は、やはり天才、孤立した天才を想定するに足りるものであった。

ここでもう一つ〈しかし〉がくっつくのであったが、刀槍をつねに身近においておかなければ、いつ何時襲われるか少なからぬ不安に身を置く御家人たちから見れば、実朝の、たとえば「大君の勅をかしこみちちわくに心はわくとも人に言はめやも」とか、「山は裂け海は浅《あ》せなむ世なりとも君にふた心わがあらめやも」などという、後鳥羽上皇への絶対忠順を誓う歌が、果してどういうものとして御家人たちの目に映っていたかは、大いに疑問の存するところであったであろう。

また、京都側からこれを見ても、実朝が、京都と鎌倉との二重権力の一方の象徴であったとしても、実際の統率者でないことはわかり切ったことであったから、この忠順の誓いは、実朝個人にとどまるものであって、政治的実効性のあるものとは認められなかったであろう。

いま引用した二首の歌は、和田合戦の騒乱後に後鳥羽上皇からの親書に接して歌われたものと考えられるのであったが、実朝はまた、元久元年（一二〇四）の従五位から、たったの十年間で正二位にまで急昇進をしている。京都にはこの急昇進を後鳥羽による「官打チ」とする声があった。「官打チ」とは、官位が器量以上に高く、かえって不幸や不吉な目に遭うことを意味し、後鳥羽としては計略が着々と進行していると思っていたものかもしれない。

また藤原定家なども万葉集を贈るについて、定家の伊勢の荘園の地頭が慣例に従わず勝手なことをやっているから、それを取り締まってもらいたい、という付け文をつけて来ているのであった。何のことはない、これではまるで利用の対象にすぎない。

もっとも定家の側としては、歌人としての実朝の卓抜さを充分に理解した上で、将軍としての実朝に実務を依頼したものとの言い抜けが用意されていたかもしれない。

実朝は定家のこの実務依頼を直ちに実行し、これもまた「歌道ヲ賞セラルルノ故ナリ」としているのであったから、万葉集をめぐって歌道と地頭、絹布と荒縄がこんがらかっているかの感を与えるものであった。

そして実朝の幕政は、すでにして「当代ハ歌鞠《ウタマリ》ヲ以テ業トナシ、武芸ハ廃スルニ似タリ」と部下から堂々と批判されてい、幕府の公式記録である吾妻鏡に記載されているのであった。

これではもう、危《あや》うい哉、とでも言うべき状態である。そしてこの年（建保元年〈一二一三〉）の歳末には、自筆の円覚経なるものを、三浦の海底に沈めさせるという不気味なことをしている。地中や海底は、この当時として異界、あるいは冥界とされていたものであった。

鎌倉将軍実朝、あるいは歌人としての実朝に、異界や冥界に何の用があったものであろうか。このあたりから実朝は、実に異様な行動様式を呈して来るのであった。渡宋のための大船建造を宋の仏匠陳和卿に命じたりするのは、もうほんの三年ほど先のことであったが、冥界や異界や、日本を離れて宋へ行きたがったりする将軍とは、いったい何者であるということになるのであろうか。この青年は成長するにつれて現実が見えなくなって行く。

私は実朝の心境を推して考えようとするとき、次の「黒」と題された異様な歌を思い出す。

うばたまや闇のくらきに天雲の
　八重雲がくれ雁ぞ鳴くなる

四方八方、天も地も闇で真ッ暗、その真ッ暗のなかにまだまだ八重雲がくれ、すなわち暗黒星雲のような幾重もの雲が隠れていて、要するに暗澹として底なしに暗い闇を、その闇を切り裂くようにして雁が鳴く。

これはもう狂、と言うべきほどの心的状態であろう。不吉な未来が闇の奥に待っている。

筆者付記　この一文、筆者が過去に書いたものと重複するところがあることを、お断りしておきます。

＊　＊　＊

実朝に宋文明についての幻想を与えた者が、二人いた。その一人は寿福寺の長老栄西である。栄西は入宋留学僧で、茶をもちかえって栽培をしていた。二日酔いの実朝に良薬として茶をすすめた。そうしてもう一人は、問題の仏師（鋳物師）大工の陳和卿なる人物である。この陳某なる人物は、鋳物と木工の技師として東大寺大仏の修造に主役をつとめ、その職を無事に果たしただけでなく、宋の建築や彫像の様式をも伝えた、ということになっている。

けれども、この仏師木工人はどうやら眉にツバをつけて接しなければならぬような人物であったようである。かつて建久六年（一一九五）に、東大寺再建供養に際して上洛した頼朝に招かれたことがあったが、頼朝が戦乱の間に多くの人命を断ったことを理由に、招待を辞退している。彼が僧侶であったのならばともかくも、たかが外国人技師であり、頼朝に対して無礼であったであろう。ハッタリ、山師振りが見え見えであろう。

それから二十年後の建保四年（一二一六）に――おそらくは京を喰いつめて――鎌倉にあらわれる。前《さき》の鎌倉殿への謁は望まなかったが、「当将軍家ニ於テハ、権化《ゴンゲ》ノ再誕ナリ」（吾妻鏡）と称して実朝に面会を求めた。「権化ノ再誕ナリ」などとは、よくも吐《ぬ》かしたものである。権化とは、神仏が衆生済度のために、姿をかえてこの世にあらわれた化身のことを言うのである。

六月十五日、実朝が陳を招いて会ってみると、陳は途端に涙を流して、君はかって宋国医王山（阿育王山）長老の後身であり、自分はその徒弟の後身である、と言った。医王山についての詳細は略するが、これはもうアタマから仰山な言説をふっかけて来る山師の言い分であろう。ところが実朝の方は、余程以前の夜の夢に、一人の高僧が入って来て告げたことと一致した、として陳の言い分をまる呑みに信じてしまう。

ここでもまた夢告である。

これだけでも、如何に中世幽暗の空間とはいえ、何とも異様な話ではあるが、十一月二十四日に、実朝は前世の地、医王山（浙江省寧波所在）へ行くために渡宋の決心をし、この陳和卿に渡海用の大船建造を命じた。そして随従の者六十余人を定めた。京都へさえ行ったことのない鎌倉将軍が、鎌倉を留守にして宋へ行く。これはもう、途方もない話である。

言うまでもなく、義時、時房などの側近が極力諫めたが、聴き入れられなかった。

しかし、仏師木工に渡洋用の造船が出来るか。

大船は木造の和船の場合でも、ドックを掘って建造するのでなければ、進水させることが出来ない。翌建保五年の四月十七日にこの大船は竣工するが、如何に多数の人夫を動員して「諸人筋力ヲ尽シテ之ヲ曳ク」（吾妻鏡）が、しかし、海までは引き出せず、船は由比ヶ浜に遺棄放置された。

陳和卿の消息は、これをもってぷっつりと切れ、爾後如何なる文書にもあらわれることがない。

しかし、もしこの大船が無事に進水したとして、一体実朝はその渡宋に如何なる名目をたてたものであろうか。また後鳥羽院には何と告げたものか。如何に中世幽暗の期といえども、気が違ったか、としか思われないであろう。ましてや二重権力の一方の象徴が、である。

遭難の危険度は甚だ高いし、第一に将軍実朝のいない鎌倉とは、そもそも何であるか。

更に、中国側として、自ら招いたわけでもなく、日本からの使節でもない、〝鎌倉将軍〟なるものの武装集団をどう処遇するか、考えたこともなかったのであろうか。無断入国者として逮捕されるかもしれない。また実朝側としても、僧侶でもない、技術者でもない、資格不明の六十数名が、どこで何をしてどう暮らして行くつもりであったものか。

要するに、わけのわからぬことばかりである。

この渡宋船建造の挿話には、奇怪という以上に、何とも言えぬ暗さが感じられる。むき出しの絶望が船の形をとって由比ヶ浜に遺棄されている。

その暗さは、実は陳が造船を命ぜられる十一月以前の、建保四年の九月二十日から直接に尾を引いているようである。

この年、実朝は六月二十日に権中納言に、ひと月おいて七月二十一日には左近衛中将に任ぜられている。しかもそれだけで足りなくて「大将」になりたがっている。その意を知った執権義時が大江広元と相談をして、九月二十日、実朝に「諷諫」するのである。まだ若いのに位階の昇進を望みすぎる。かつて頼朝は官位昇進を固辞し、その固辞は子孫に佳運を残すためであった、と。

諫諍ノ趣《オモムキ》、尤《モットモ》甘心スベシト雖モ、源氏ノ正統此ノ時ニ縮《チヂ》マル。子孫敢テ之ヲ相継スベカラズ。然レバ飽クマデ官職ヲ帯シ、家名ヲ挙ゲント欲ス。（吾妻鏡）

子孫のためと言うが、自分には後嗣がない、従って源家の正統がここに尽きるとすれば、「家名ヲ挙ゲ」ることの他に何があろうか、というのが実朝側の論理であった。けれども、義時や広元の言う「御子孫」とは、北条氏一門をも含めての、関東勢一門であった。両者の論理が完全に喰い違っている。

「源氏ノ正統此ノ時ニ縮マル」、源家三代はどうせ自分でおしまいである。「家名ヲ挙ゲント欲ス」という以外に何がありうるか。

その他の、何がありうるか。

この絶望的な論理・認識に、義時も広元も抵抗は出来ない。

死が、その他のありうるもののなかでの、もっとも確実なものであろう。

渡宋計画もまた、実朝のこの論理、認識の上に立つものであったであろう。ましてこの渡宋の決心をした時点で、実朝にはすでに、鎌倉にあって自分が無用の人、と化していることの自覚があったであろう。そう考えざるをえない。そうして無用の者は、骨肉であれ何であれ、殺してしまうのが鎌倉の流儀であった。

実朝無残、とでも言うより他に言い様がない。

怪異・西行法師

美と無常の使徒としての西行のことは、近頃のこととしては、たとえば白洲正子さんや辻邦生氏などによって、すでに書き尽されていると思われるので、私としては少し異なった側面での西行法師のことを書いてみたい。

新古今集巻十六に、法橋行遍なる僧の歌で次のような詞書をもつものがある。

「月明《あか》き夜、（藤原）定家朝臣に逢ひて侍りけるに、歌の道に志深きことはいつばかりよりのことにかと尋ね侍りければ、若く侍りし時、西行に久しくあひ伴ひて聞きならひ侍りしよし申して」云々、というのである。

歌の道に専念することに決したのは、と問われて定家は即座に西行に逢ったことを挙げているのである。父俊成などではなくて、西行なのである。西行にとって歌は、山里での遁世生活と仏道修行にとって導入要素ともなりうる重要なものではあったが、彼の家業ではない。しかも西行の歌と、俊成、定家などの宮廷歌人のそれとは画然として別のものであった。それでも、西行なのである。余程印象が深かったものと思われる。

文治二年（一一八六）、西行は六十九歳であり、定家は二十五歳であった。この年に定家は「文治二年、円位上人（西行）、之ヲ勧進ス」として二見浦百首なるものを詠んでいるのであるが、この時に勧進——すなわちすすめられて百首歌を伊勢神宮の神に手向けた者は、定家、家隆、寂蓮、隆信、祐盛、公衡などのほかに伊勢在住の四法師などの、いずれも錚々たるメンバーであり、西行という人物の、いわば動員力を如実に物語っているものであった。

元来、伊勢神宮は神仏習合をきびしく拒絶し、僧徒の内外宮参詣を、これも拒否して来たものであったが、西行はその家集によって知られるように、それがあたかも何でもないことのようにして内外宮に参り、「さかきばに心をかけむゆふしでておもへば神もほとけなりけり」と詠んでいるのである。

それまでに神仏習合、本地垂迹、大日如来本地説などのような思想的素地がたとえ出来かけていたにしても、また西行が神宮側の拒否を破り得た最初の者ではないにしても、東大寺の俊乗坊重源などによる僧侶の大量参詣によって、タブーが姿を消す以前に参詣していることは、ほぼ確実であり、「おもへば神もほとけなりけり」などと当り前のことのように言い切った人間もそれまでにいなかったのである。

この西行という人物には、どこかしら横紙破りなものがつきまとっているようである。

まして西行は、僧徒の公式神宮参詣としては行基、増基につぐ第三の僧ということになっている東大寺の重源とは高野山時代にすでに親しく、文治二年にはこの上人の請いをうけて東大寺のために、三万両の沙金を平泉において勧進するための旅に出ている。

この旅の途次、鎌倉での頼朝との徹夜の会談は有名なことになっているが、平泉と頼朝との険悪な関係のことを考えれば、彼の外交的手腕のほどについても思いやられるのであった。

しかも翌日退去するについて、頼朝がくれた銀製の猫を、「門外ニ於テ放遊ノ嬰児ニ与フ」（吾妻鏡）にいたっては、頼朝に対して無礼であるだけではなく、非常識でさえあるであろう。

何かにつけて型破りである。

沙金三万両がどのくらいの量のものかはわからないが、陸奥守秀衡にとって西行が同族の者であり、かつ東大寺のためとはいうものの、鎌倉との関係が険悪化している際に、出し易い金ではなかったであろう。この三万両を、あの治安というものがほとんどない時代に、平泉から奈良までの遠路を運ぶなどということは、容易な業ではなかった筈である。昼夜にわたって警護の部隊が必要であったであろう。

西行が高野山時代にすでに東大寺の重源と親しかったことは先に記したことであったが、この重源上人の一行七百人の僧徒が伊勢の内宮に参詣するについても、西行は一役を果たしているようである。それは日本の思想史上の大事件であった。この大事件は、「前後都合五ケ日之間、成長（内宮の禰宜）海陸ノ珍膳ヲ調へ、毎日七百余人ヲ饗応ス」という、神官と僧侶の一大合同宴会によって祝われているのである。

外国伝来の宗教と、この国の草創に関する神話に依る宗教との、本来的には不可能な筈のもののイデオロギー的調整などという離れ業の出来る人は、重源と西行くらいのものであったであろう。

——おもへば神もほとけなりけり……。

内宮、すなわち皇大神宮の祭神である天照大神は、どんな顔をしてこの大宴会を見ていたものであろうか。もう一度天の岩戸へ引っ込みたい心境ではなかったか。

西行の歌集やその他の文献記録などを見ても、彼は相当な重大事を、言い方はおかしいが、けろりとしてやってのけているのである。このあたりからすでに西行の、いわば怪異な相貌が浮び上って来る。

同じ武士出身でありながら、「世のなかに武者おこりて、西東北南いくさならぬところなし、うちつづき人の死ぬる数きくおびただし、まこととも覚えぬ程なり、こは何事のあらそひぞや、云々」という詞書などを見ると、彼にとって源平の兵乱などは、まるで他人事のように見えていたのではないか、と疑われるのであった。

また、木曾谷から攻め上って来て、おそらく京都やその近辺では言葉も通じなかったのではないかと思われる、木曾義仲こと、源義仲の戦死については、

――木曾と申す武者死に侍りにけりな。

という詞書を残しているのであるが、この詞書のもつ、異様なまでの冷酷さ加減は、当時にあっても例を見ないほどのものである。これに比べては、藤原定家の「紅旗征戎吾ガ事ニ非ズ」も色褪せて見える。

俊成や定家には、一読思わず笑いを誘うような歌は一首もなかったが、紙数の都合で歌の例はあげないが、笑いを誘う歌であれ何であれ、宮廷内外の晴《ハレ》の歌も、褻《ケ》の歌も自由自在、わが国における自

由人のさきがけとさえ見えて来るのであった。

宗教人としては、私には西行は、非僧非俗を旨とする親鸞の先駆をした人のように思われる。

＊　＊　＊

西行は、「家富ミ年若ク、心ニ愁無シ、遂ニ以テ遁世、人、之ヲ嘆美ス」（台記）と言われているように、生涯経済的な心労のない豪族の出であったが、徳大寺家の家人でもあり、平清盛とは同年でともに鳥羽院の北面に仕えていたことがあり、遁世後といえども、権力の中枢に立った人々との交渉が絶えたことがなかった。鳥羽法皇、崇徳上皇、入道信西、平清盛、後鳥羽院、源頼朝、藤原秀衡等々、歌人たちで言えば、俊成、定家、家隆、寂蓮、隆信、祐盛、公衡等々であり、この他にも東大寺の重源をはじめとする高位の僧侶たちをも加えるとすれば、その数は優に百人を超え、出家などというよりも、〝政僧〟ということばを使いたくなる部分を色濃くもっているのである。この〝政僧〟ということばを使いたくなるような西行の言動については、たとえば目崎徳衛氏の研究に詳しいので、私は遠慮をしておきたい。

がしかし、一つだけ、これら権力中枢との交渉のうち、西行にとっても一つの賭けとしての思想的冒険について書いておきたい。それは崇徳院の讃岐白峯の御陵参拝の件であった。

崇徳上皇は、周知のように保元の乱後に讃岐に流され、万斛《ばんこく》の恨みを抱いたまま同地で死んだものであった。そうして、保元の乱について簡単に言っておけば、この乱は崇徳上皇と後白河天皇、摂関家では頼長と忠通の対立が激化し、崇徳・頼長側は源為義、後白河・忠通側は平清盛、源義朝の軍を主力として戦い、崇徳側が敗れ、この結果が武士政治を実現させるについての、大いなる原因となったものであった。

しかし、この戦いに破れて崇徳が讃岐へ流されたことに関して、崇徳上皇の恨みは実に凄まじいものであった。戦いや政争に破れた者が僻地や離島へ流されることは、別に珍しいことでも何でもなく、大抵の場合、菅原道真から後鳥羽院まで、まず半分方は諦めて流竄《るざん》の地での日々を送っていたものであった。

例外は、この崇徳上皇と後醍醐天皇くらいのものであろう。

まったく崇徳上皇の恨みは凄まじいもので、台記と題された頼長の日記によると、崇徳は「御自筆、血ヲ以テ五部大乗経ヲ書セシメ給フ」という次第であった。五部大乗経という経は、華厳・大集・大品般若・法華・涅槃の五部からなる大部なものであったから、これを「御自筆、血ヲ以テ」となれば、血液がいくらあっても足りないくらいのものであり、長の年月をかけて書写したものであろう。その恨みの持続もまた、まことに凄まじいものであった。そしてこの血染めの写経を讃岐の海に沈めて、「其（の）力を以（て）、日本国の大魔縁となり、皇を取て民となし、民を皇となさん」（保元物語）と念じたのであった。

皇を取って民となし、民を皇となさん――これほどに猛烈な革命的言辞をなした人は、日本の歴史に崇徳上皇ただ一人であった。もし他にあるとすれば、親鸞があるのみである。革命とは、皇を取って民となし、民を皇となさん、とする意志以外の何物でもない。

崇徳院の恨み、そしてこの怨恨の昇華したものとしての怨霊、あるいはその革命思想に対する畏怖は、実に長くかつ深く当時の政治をほとんど支配していた。治承・寿永の大乱、平家一門の都落ち、義仲の入洛等のすべてが、その怨霊のせいにされるほどにも地下深く、かつは天上の暗雲として跳梁するがままにされていたものであった。そうしてこの当時における怨霊の問題は、そのままで一つの思想問題でもあったのである。

西行は崇徳院の死後に、讃岐白峯の陵に赴き、その霊に対して、ほとんど説得説伏をするかのようにして、恨みを解け、とすすめかつ祈念をしているのであるが、それは思想問題についての、思想家としての自信なしには出来ないことであったであろう。

一つの思想、思念をもった人に対して、その思想、思念を政治権力等による弾圧によるのではなくて、それを断念せよ、とすすめることなどは常人に出来ることではない。

ましてや相手はすでに霊と化してしまっているのである。西行はその怨霊鎮魂のために、彼の亡魂と歌を交して、「よしや君昔の玉のゆかとてもかからん後は何にかはせん」と詠んだところ、崇徳院の「御墓三度迄震動」したという。

しかしこの「よしや君……云々」という歌もよくよく眺めてみると、そこに、ある冷酷な、突き放したような調べが低音で流れていることに気付かされるのであった。また、かつての一天万乗の君主に対して、「よしや君……」、もないものではないか、とも思わせるものがある。

かかる冷酷さ、突き放したようなものが、この出家僧兼歌人に深く内在したればこそ、先に引用した「世のなかに武者おこりて、西東北南いくさならぬところなし、うちつづき人の死ぬる数きくおびただし、まこととも覚えぬ程なり、こは何事のあらそひぞや、云々」という詞書や、「木曾と申す武者死に侍りにけりな」という詞書などが出て来るのであったであろう。

崇徳院の怨霊説伏に際しても、自分には院の鎮魂が可能であるという、思想的宗教的自信なしには、かかる果断にして、ある意味では無謀な行動に出られるわけはなかったと思われる。

つまり、一つの時代を取り仕切る、あるいは一つの支配的な思想の流れを断ち切る、これはいわばフィクサーの役割である。

私は西行の行為、行動のうち、異様に思われるもののみをここで取り上げたのであったが、その他の、いわば表《おもて》に当たる部分については、それこそ汗牛充棟もただならぬほどのものがあるので、敢て触れなかったのであった。

軍備外注

本というものは、やはり読んでみるものだ。といえば、バカじゃなかろうか、と言われそうだが、近日その感を深くしている一冊の本に出会った。

それはWilliam R. Polkという、元シカゴ大学の歴史学の教授だった人でケネディやジョンソン大統領の外政評議員をもつとめた人の著書で、タイトルは、“Neighbors and Strangers”というもので、このタイトルの下に“The Fundamentals of Foreign Affairs”という副題がついていた。

私はある書評で、この本の中には、エジプトやアッシリア、蒙古などの古代から現代にいたるスパイや情報獲得に関する話がふんだんに出て来る、ということを見て、暇なときが来たら読んでみようかなどと考えてアメリカの本屋に注文を出してもらったのであった。発行所はUniversity of Chicago Press, 1997.であった。

何でまた、お前さんの仕事と何の関係もない外交政策に関する本などに目をつけるか、と言われそうであるが、仕事に密着した本ばかりを読むことは精神の衛生によくない、と私はつねづね思っているからであった。前置きが長くなったが……。

第一次大戦の末期にロシアから撤退するドイツ軍が、進出していた土地を明け渡すについて、その土地を次々とロシア共産党の軍隊に渡して行った、というのであった。これにはドイツ軍参謀本部のゼークトという将軍の、先を見通した深い魂胆があった。

その魂胆のことは少し先に送るとして、敗戦後のドイツはヴェルサイユ条約によって軍備をきびしく制限されていた。陸軍は十万人（四千人の士官将校を含む）に限定され、戦車も航空機も持ってはならず、攻撃的な兵器もいけないことになっていた。戦後のドイツ社会は超インフレと失業者による社会騒擾のなかにあったが、ゼークト将軍は軍隊を使って徹底的に弾圧して共産党嫌いの保守派と財界の信用をえた。

一九二一年になるとゼークト将軍の深い魂胆に火がともりはじめたのであった。すなわち、ソヴィエトのレーニンから赤軍の編成と訓練の要請が来たのだ。もう一度、すなわち、を繰り返すとすると、これは、すなわちドイツ軍事顧問団の派遣を意味した。この軍事顧問団のメンバーを何度も入れ替えれば、これはドイツ軍そのものの編成と訓練ということになる。入れ替える毎に人数を増やしても、何分ドイツ以外の外地であるから連合国側から文句を言われるいわれはない。……

そしてこの軍事顧問団はやがて、ヴェルサイユ条約によって禁止されていたドイツ軍参謀本部そのものに変貌して行くであろう、ゼークト将軍の魂胆通りに。

この顧問団の派遣とほとんど同時に、スターリンの要請によりモスクワ郊外にはドイツの航空機製造会社のユンカースが工場を設立する。やがて次には毒ガス工場、砲弾工場が作られ、航空機の搭乗員、戦車の操縦員の訓練が開始される。

事がかくの如きであったとすれば、万一戦端がひらかれた場合を想定すると、赤軍は戦術的にはドイツの訓練通りのマヌアルで動くであろう、ということになる。（事実その通りであって、第二次大戦時のドイツ軍はあらゆる戦線で赤軍を撃破し、赤軍に残っていた武器は、極端なことを言えばロシアの冬の厳寒以外になかった。）

レーニンとスターリンは、独ソ戦において、ほとんどロシアの破滅を用意した、というに近い結果を招いたのであった。

ゼークト将軍はまた、ひそかに財界人と工業デザイナーなどの集団をつくって、銃砲から車輌、戦車、航空機などの武器一切に関しての規格の統一された設計を完成して、ヨーロッパ各地に進出、あるいは既に存在していたドイツ系の工場にひそかに送付していた。いざ、となれば、という次第であったであろう。

一九二八年になると、オランダ、スペイン、トルコ、フィンランドなどでドイツの会社が所有していた工場で、戦車のみならず潜水艦までがすでに製造されていた。表面上は、おそらくこれらの各国の軍隊用ということになっていたものであろう。武器の外注である。

ここでもドイツ以外の外地、外国であるから、ヴェルサイユ条約による禁制に違反していないという論理が通っていたものであろう。

こういう秘密、あるいは半秘密、地下的、あるいは半地下的な軍備活動は、ヒトラーが登場して来て一九三五年にヴェルサイユ条約を否認棄却するまで十五年間続いたのであった。ヴェルサイユ条約を否認棄却すれば、そして連合国が渋々ながらにこれを認めるとなれば、あとは自由ということであった。そしてヒトラーは、その頃ドイツに溢れていた若い失業者を掻き集めて親衛隊（ＳＳ）を編成した。ここでプロシア出身の貴族軍人であるゼークト将軍の役割が終る。

ドイツ、あるいはドイツ人のかかる緻密にして大胆な計画性を、その他のヨーロッパの人々はどう見ていたのであろうか。

見る人は見ていたのである。すでに十九世紀の末（一八九八年）に、詩人ポール・ヴァレリイは『計画的制覇』というものを書いてヨーロッパ人の全体に、警告を発していたのであったが、時期が早すぎたか、各国での政治や社会生活の困難さが、詩人の警告に耳をかさせなかったのでもあろうか。

現在でも、ＮＡＴＯの東方拡大によって軍備外注はますます盛んである。

（一九九八年六月）

初出一覧

物いわぬ人　「近代文学」一九五一年八月

母なる思想――Une Confession　「文学界」一九五二年六月

流血　『荒地詩集』一九五二年六月

堀辰雄のこと　「文学界」一九五三年八月

個人的な記憶二つ　『現代中国文学全集』第五巻（河出書房）月報　一九五四年四月

方丈記その他について　「文藝」一九五五年六月

奇妙な一族の記録　「文藝春秋」一九五六年六月

魯迅の墓その他　「文学」一九五六年一〇月

インドは心臓である――アジァンタ壁画集によせて　原色版美術ライブラリー『インド』（みすず書房）一九五八年二月

良平と重治――『梨の花』中野重治　「新潮」一九五九年九月

ゴヤと怪物　「みずゑ」一九六二年秋

中村君の回想について　「文藝」一九六三年八月

今年の秋　「文藝」一九六三年一二月

「こんてむつす、むん地」――私の古典　「エコノミスト」一九六六年六月

ゴヤの墓　「芸術生活」一九六九年五月

芸術家の運命について　「朝日新聞」夕刊　一九七七年一月四日〜五日
彼岸西風——武田泰淳と中国　「世界」一九七七年六月
ラ・バンデラ・ローハ！（赤旗の歌）「朝日新聞」夕刊　一九七七年九月二〇日
樫の木の下の民主主義に栄えあれ！　「朝日新聞」夕刊　一九七八年一〇月六日
世界・世の中・世間　「Winds」一九七九年六月
歴史の長い影　「朝日新聞」夕刊　一九八〇年一二月二日
現代から中世を見る　「読売新聞」夕刊　一九八五年五月七日〜一〇日
誰も不思議に思わない　「ちくま」一九八六年一月
美はしきもの見し人は　「ちくま」一九八七年八月
二葉亭四迷氏と堀田善右衛門氏　「ちくま」一九八九年九月
国家消滅　「ちくま」一九九〇年一一月
モーツァルト頌　「ちくま」一九九一年九月
ベイルートとダマスカス　「ちくま」一九九二年六月
サラエヴォ・ノート　「ちくま」一九九六年四月
源実朝　『冷泉家時雨亭叢書』第三四・四四巻（朝日新聞社）月報21・22　一九九六年六月・八月
怪異・西行法師　『冷泉家時雨亭叢書』第一七・五二巻（朝日新聞社）月報23・24　一九九六年一二月・一九九七年二月
軍備外注　「ちくま」一九九八年六月

著書一覧

『広場の孤独』　中央公論社　一九五一年一一月
『祖国喪失』　文藝春秋新社　一九五二年五月
『捜索』　未来社　一九五二年一一月
『歴史』　新潮社　一九五三年一一月
『夜の森』　講談社　一九五五年三月
『時間』　新潮社　一九五五年四月
『砕かれた顔』　筑摩書房　一九五五年七月
『記念碑』　中央公論社　一九五五年一一月
『奇妙な青春』　中央公論社　一九五六年六月
『鬼無鬼島』　新潮社　一九五七年三月
『インドで考えたこと』　岩波書店　一九五七年一二月
『乱世の文学者』　未来社　一九五八年一月
『現代怪談集』　東京創元社　一九五八年三月
『河』　中央公論社　一九五九年四月

＊単行本及び全集を掲載し、文庫等での再刊本、各種文学全集への再録、共著、対談、訳書は除いた。

『上海にて』　筑摩書房　一九五九年七月
『後進国の未来像』　新潮社　一九五九年一〇月
『建設の時代』　新潮社　一九六〇年一月
『零から数えて』　文藝春秋新社　一九六〇年六月
『香港にて』　新潮社　一九六〇年一〇月
『海鳴りの底から』　朝日新聞社　一九六一年一一月
『審判』　岩波書店　一九六三年一〇月
『文学的断面』　河出書房新社　一九六四年六月
『スフィンクス』　毎日新聞社　一九六五年五月
『キューバ紀行』　岩波書店　一九六六年一月
『歴史と運命』　講談社　一九六六年一二月
『若き日の詩人たちの肖像』　新潮社　一九六八年九月
『美しきもの見し人は』　新潮社　一九六九年一月
『小国の運命・大国の運命』　筑摩書房　一九六九年一〇月
『橋上幻像』　新潮社　一九七〇年三月
『あるヴェトナム人』　新潮社　一九七〇年九月
『方丈記私記』　筑摩書房　一九七一年七月
『19階日本横丁』　朝日新聞社　一九七二年九月

『堀田善衞自選評論集』　新潮社　一九七三年五月
『ゴヤ　1　スペイン・光と影』　新潮社　一九七四年二月
『ゴヤ　2　マドリード・砂漠と緑』　新潮社　一九七五年三月
『ゴヤ　3　巨人の影に』　新潮社　一九七六年三月
『ゴヤ　4　運命・黒い絵』　新潮社　一九七七年三月
『本屋のみつくろい――私の読書』　筑摩書房　一九七七年四月
『航西日誌』　筑摩書房　一九七八年五月
『スペイン断章――歴史の感興』　岩波書店　一九七九年二月
『スペインの沈黙』　筑摩書房　一九七九年六月
『オリーブの樹の蔭に――スペイン430日』　集英社　一九八〇年六月
『彼岸繚乱――忘れ得ぬ人々』　筑摩書房　一九八〇年一〇月
『情熱の行方――スペインに在りて』　岩波書店　一九八二年九月
『日々の過ぎ方――ヨーロッパさまざま』　新潮社　一九八四年四月
『路上の人』　新潮社　一九八五年四月
『歴史の長い影』　筑摩書房　一九八六年一月
『定家明月記私抄』　新潮社　一九八六年二月
『聖者の行進』　筑摩書房　一九八六年一一月
『定家明月記私抄　続編』　新潮社　一九八八年三月

『誰も不思議に思わない』 筑摩書房 一九八九年一月
『バルセローナにて』 集英社 一九八九年四月
『ミシェル 城館の人 1 争乱の時代』 集英社 一九九一年一月
『時空の端ッコ』 筑摩書房 一九九二年一月
『ミシェル 城館の人 2 自然 理性 運命』 集英社 一九九二年四月
『めぐりあいし人びと』 集英社 一九九三年一月
『ミシェル 城館の人 3 精神の祝祭』 集英社 一九九四年一月
『未来からの挨拶』 筑摩書房 一九九五年一月
『空の空なればこそ』 筑摩書房 一九九八年一月
『ラ・ロシュフーコー公爵伝説』 集英社 一九九八年四月
『天上大風 全同時代評一九八六年―一九九八年』 筑摩書房 一九九八年一二月
『故園風来抄』 集英社 一九九九年六月
『堀田善衞詩集 一九四二～一九六六』 集英社 一九九九年六月
『別離と邂逅の詩』 集英社 二〇〇一年五月
『時代と人間』 徳間書店 二〇〇四年二月

＊

『堀田善衞全集』（全一六巻） 筑摩書房 一九七四年六月～七五年九月
第二次増補版『堀田善衞全集』（全一六巻） 筑摩書房 一九九三年五月～九四年八月

編集のことば

松本　昌次

「戦後文学エッセイ選」は、わたしがかつて未來社の編集者として在籍（一九五三年四月〜八三年五月）しました三十年間で、またつづく小社でその著書の刊行にあたって直接出会い、その謦咳に接し、編集にかかわらせていただいた戦後文学者十三氏の方がたのみのエッセイを選び、十三巻として刊行するものです。出版の一般的常識からすれば、いささか異例というべきですが、わたしの編集者としてのこだわりとしてご理解下さい。

ところでエッセイについてですが、『広辞苑』（岩波書店）によれば、「①随筆。自由な形式で書かれた個性的色彩の濃い散文。②試論。小論。」とあります。日本では、随筆・随想とも大方では呼ばれていますが、それは、形式にこだわらない、自由で個性的な試みに満ちた、中国の魯迅を範とする〝雑文（雑記・雑感）〟といっていいかと思います。つまり、この選集は、小説・戯曲・記録文学・評論等、幅広いジャンルで仕事をされた戦後文学者の方がたが書かれた多くのエッセイ＝〝雑文〟の中から二十数篇を選ばせていただき、各一巻に収録するものです。さまざまな形式でそれぞれに膨大な文学的・思想的仕事を残された方がたばかりですので、各巻は各著者の小さな〝個展〟といっていいかも知れません。しかしそこに実は、わたしたちが継承・発展させなければならない文学精神の貴重な遺産が散りばめられているであろうことを疑わないものです。

本選集刊行の動機が、同時代で出会い、その著書を手がけることができた各著者へのわたしの個人的な敬愛の念にあることはいうまでもありません。戦後文学の全体像からすればほんの一端に過ぎませんが、本選集の刊行をきっかけに、わたしが直接お会いしたり著書を刊行する機会を得なかった方がたをも含めての、運動としての戦後文学の新たな〝ルネサンス〟が到来することを心から願って止みません。

読者諸兄姉のご理解とご支援を切望します。

二〇〇五年六月

付記

本巻収録のエッセイ三二篇のほとんどは、第二次増補版『堀田善衛全集』全十六巻（筑摩書房　一九九三年五月〜九四年八月）を底本としましたが、それに収められていない、一九八九年以降の諸篇については、収録単行本によりました。

本巻の編集・校正及び初出・著作一覧等、万般にわたり、岸宣夫氏にひとかたならぬお力添えをいただきました。末尾ながら記して深い謝意を表します。

堀田善衞《ほったよしえ》（1918年７月～1998年９月）

堀田善衞集《ほったよしえしゅう》
――戦後文学エッセイ選11
2007年４月25日　初版第１刷

著　者　堀田善衞《ほったよしえ》
発行所　株式会社　影書房
発行者　松本昌次
〒114-0015　東京都北区中里3-4-5
　　　　　　ヒルサイドハウス101
電　話　03（5907）6755
ＦＡＸ　03（5907）6756
E-mail : kageshobou@md.neweb.ne.jp
http://www.kageshobo.co.jp/
〒振替　00170-4-85078
本文・装本印刷＝新栄堂
製本＝美行製本

定価　2,200円＋税
（全13巻・第９回配本）
ISBN978-4-87714-367-1